이 거짓말이 들통나기 전에

KONO USO GA BARENAI UCHI NI by Toshikazu Kawaguchi
Copyright © Toshikazu Kawaguchi, 2017
All rights reserved.
Original Japanese edition published by Sunmark Publishing, Inc., Tokyo

This Korean language edition published by arrangement with
Sunmark Publishing, Inc., Tokyo in care of
Tuttle-Mori Agency, Inc., Tokyo through Botong Agency, Seoul.

이 책의 한국어판 저작권은 Botong Agency를 통한 저작권자와의 독점 계약으로 비빔북스가 소유합니다.
신 저작권법에 의하여 한국 내에서 보호를 받는 저작물이므로 무단전재와 무단복제를 금합니다.

この嘘がばれないうちに
이 거짓말이 들통나기 전에

가와구치 도시카즈 지음 | 김나랑 옮김

PROLOGUE

어느 거리의, 어느 찻집의
어느 자리에는 신비한 도시 전설이 깃들어 있다.
그 자리에 앉으면, 그 자리에 앉아 있는 동안에는
원하는 시간으로 이동할 수 있다는 전설이다.

다만 몇 가지 성가신……,
아주 성가신 규칙이 있었다.

하나. 과거로 돌아가도 이 찻집을
　　　방문한 적이 없는 사람은 만나지 못한다.
둘. 과거로 돌아가서 어떠한 노력을 할지언정
　　　현실은 바뀌지 않는다.
셋. 과거로 돌아가는 자리에는 먼저 온 손님이 있다.
　　　그 손님이 자리를 비켜야만 앉을 수 있다.
넷. 과거로 돌아가도 자리에서 일어나 움직일 수 없다.
다섯. 과거에 머물 수 있는 시간은, 커피를 잔에 따른 후
　　　그 커피가 식을 때까지에 한한다.

성가신 규칙은 여기서 끝이 아니다.
그럼에도 불구하고 오늘도 전설을 듣고
찾아오는 손님의 발길이 이어진다.

찻집의 이름은 푸니쿨리 푸니쿨라.

당신이라면 이런 숱한 규칙들을 듣고도
과거로 돌아가고 싶나요?

이 이야기는 불가사의한 찻집에서 벌어진
네 개의 따뜻한 기적입니다.

22년 전 세상을 떠난 친구를 만나러 간 남자의 이야기,
어머니 장례식에 참석하지 못한 아들의 이야기,
결혼 약속을 지키지 못한 연인에게 찾아간 남자의 이야기,
아내에게 선물을 건네지 못한 노형사의 이야기.

그날로 돌아갈 수 있다면,
당신은 누구를 만나러 가시겠습니까?

인물 관계도

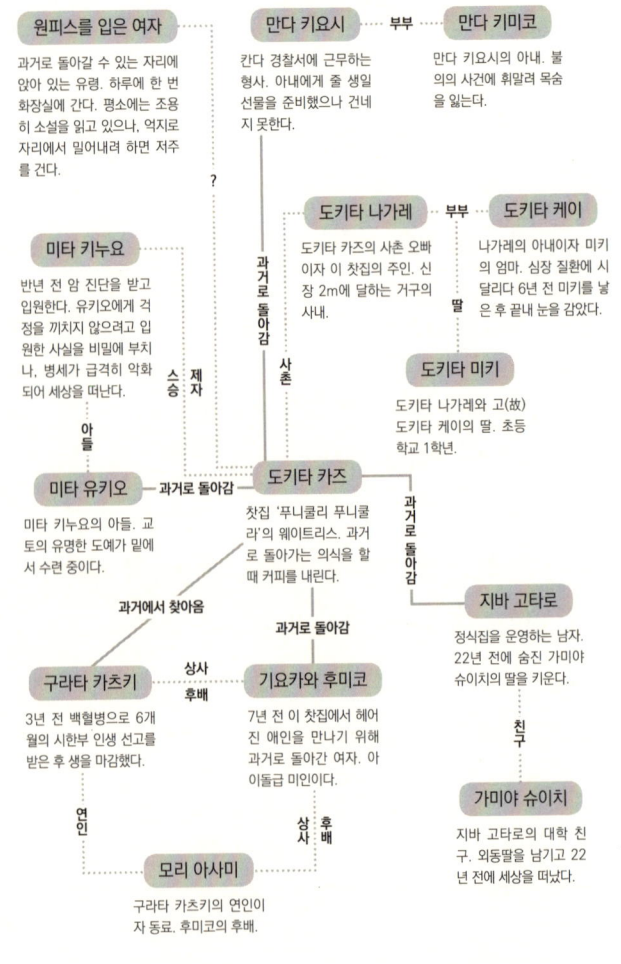

차례

프롤로그   4

제1화 친구   8

제2화 모자   104

제3화 연인   186

제4화 부부   246

일러두기
· 본문의 괄호 안 내용 중 주석에 해당하는 부분은 모두 옮긴이의 주(註)입니다.
· 인물의 나이는 우리나라식 나이가 아닌 만(滿) 나이입니다.

제1화
친구

"행복해져라, 고타로……."

지바 고타로는 22년간 딸에게 숨겨 온 거짓말이 있다.

도스토옙스키라는 소설가도 "인생에서 무엇보다 어려운 일은 거짓말을 하지 않고 사는 것이다."라고 말한 바 있다.

'거짓말'의 목적은 다양하다. 자신을 잘 보이기 위한 거짓말, 남을 속이기 위한 거짓말. 거짓말은 타인의 마음에 상처를 내기도 하지만, 위로가 되는 경우도 있다. 그러나 사람은 대부분 자신이 거짓말한 것을 후회한다.

고타로도 마찬가지였다. 고타로는 자신의 지난 거짓말을 떠올리고는 "거짓말을 하고 싶어서 한 건 아니었어."라고 중얼거리며 과거로 돌아갈 수 있다는 찻집 앞에서 30분쯤 서성였다.

과거로 돌아갈 수 있는 찻집은 진보초역에서 도보로 몇 분 떨어진 곳에 위치해 있다. 오피스 빌딩이 늘어선 비좁은 뒷골목에 '푸니쿨리 푸니쿨라'라는 가게명이 적힌 작은 간판이 세워져 있었다.
이 찻집은 지하에 있어서 간판이 없으면 그곳에 찻집이 있다는 사실을 아무도 눈치채지 못할 것이다.
고타로는 계단을 내려가 조각 장식이 달린 문 앞에서 무언가 중얼거리고는, 고개를 설레설레 내두른 후 몸을 휙 돌려 계단을 올라가다가 생각에 잠긴 표정으로 멈춰 섰다. 올라갔다가 내려가고, 내려갔다가 다시 올라가기를 반복했다.

"안에 들어가서 고민하는 건 어떠신지요?"

누가 말을 걸기에 깜짝 놀라 뒤돌아보니 몸집이 작은 여자가 서 있었다. 하얀 와이셔츠에 검은 조끼와 소믈리에 앞치마를 두른 차림이었다. 고타로는 이 찻집의 점원이라는 것을 대번에 알아차렸다.

"아, 그게……."

고타로가 뭐라고 대답할까 망설이는 동안 여자는 고타로의 옆을 지나쳐 계단을 빠르게 내려갔다.

딸그랑딸그랑.

여자는 카우벨 소리를 남긴 채 가게 안으로 들어갔다.

가게 안으로 들어갈 것을 권하면서도 강요하지는 않았다. 마치 서늘한 바람이 스쳐 지나간 듯했다. 더구나 홀로 남겨진 고타로에게는 자신의 속내가 훤히 드러난 듯한 낯선 감각이 맴돌았다.

고타로가 몇 번이고 계단을 오르락내리락한 이유는 이곳이 '과거로 돌아갈 수 있는 찻집'인지 아닌지 확신할 수 없었기 때문이다. 옛 친구에게 들은 소문이 거짓이라면, 그 말을 믿고 찾아온 고타로는 그저 민망한 손님이 될 뿐이었다.

가령 과거로 돌아갈 수 있다는 말이 사실이라고 하더라

제1화 친구

도, 과거로 돌아가는 데는 몇 가지 성가신 규칙이 있다고 했다.

과거로 돌아가서 어떠한 노력을 할지언정 현실은 바뀌지 않는다.

그중 하나의 규칙이다.
고타로는 처음 이 규칙을 들었을 때 '그런데도 과거로 돌아가고 싶어 하는 사람이 있단 말이야?' 하고 고개를 갸웃했다.
그랬던 고타로가 지금, '그런데도 과거로 돌아가고 싶다.'라는 생각으로 이 찻집 앞에 서 있었다.
하지만 그런 고타로의 내적 갈등이 조금 전 그 여자에게 보일 리 없었다. 그렇다면 여자가 고타로에게 건넬 말은 '저희 가게에 오신 손님인가요?' 정도가 적당할 터였다.
그런데 여자는 "안에 들어가서 고민하는 건 어떠신지요?"라고 물었다. 그 말은 즉, 이런 의미였다.

'과거로 돌아갈 수는 있지만, 갈지 말지는 안에 들어가서 결정하는 게 어떠신지요?'

고타로가 과거로 돌아가기 위해 이 찻집에 왔다는 사실을 여자가 어떻게 알았는지는 의문이었으나, 한 가닥 희망이 보였다. 여자의 무심한 한마디에 고타로는 바로 마음을 정했다.

어느 틈엔가 고타로는 손잡이로 손을 뻗어 찻집의 문을 힘껏 잡아당기고 있었다.

딸그랑딸그랑.

고타로는 과거로 돌아갈 수 있다는 찻집 안으로 발을 들였다.

☕

지바 고타로, 51세. 고등학교와 대학교 시절에 럭비 선수로 활동해서인지 떡 벌어진 체격으로 지금도 정장은 XXL 사이즈를 입는다. 올해 스물셋이 되는 하루카라는 딸과 둘이 살고 있다.

아버지와 단둘이 사는 딸에게 "엄마는 네가 어렸을 때 병으로 돌아가셨어."라고 말하며 하루카를 길러 왔다. 그리고 하루카의 도움을 받으며 도쿄도 하치오지시에서 '가미야 식당'이라는 작은 정식집을 운영했다.

높이가 2m나 되는 커다란 나무 문을 열고 찻집으로 들어가니, 가게 내부가 보이는 대신 현관 비슷한 공간이 통로처럼 이어져 있었다. 정면에는 화장실이 있고 오른쪽 중앙에는 가게 안으로 통하는 입구가 보였다.

고타로가 안으로 들어가자 카운터석에 앉은 여자와 눈이 마주쳤다.

"카즈, 손님 왔어!"

여자는 재빨리 안쪽 방을 향해 외쳤다.

가게 안에는 초등학생으로 보이는 소년이 여자의 옆자리에, 하얀 반소매 원피스 차림의 여자가 가장 안쪽 테이블 자리에 앉아 있었다. 피부가 희고 존재감이 희미한 그녀는 조용히 소설을 읽는 중이었다.

"여기 직원이 식재료 사러 갔다가 방금 돌아왔거든요. 거기 앉아서 기다리세요."

초면인데도 여자는 싹싹한 말투로 고타로에게 말을 건넸다. 아마도 이 찻집의 단골인 모양이었다. 고타로는 여자의 말을 따르며 "감사합니다." 하고 고개를 살며시 숙였다. 이 가게에 관한 일이라면 무엇이든 물어보라는 눈빛으로 쳐다보는 여자의 시선이 신경 쓰였지만, 고타로는 애써 무시하며 입구에서 가장 가까운 테이블석에 앉아 가게를 둘러보았다.

바닥에서부터 천장까지 뻗은 아주 커다란 앤티크 괘종시계. 천장에서 교차하는 자연목 대들보와 천천히 돌아가는 목제 실링 팬. 콩가루 빛깔의 소박한 토벽 전면에는 오랜 시간에 걸쳐 번진 듯한 희미한 얼룩이 있었다. 창문이 전혀 없는 지하에, 천장에 매달린 펜던트 조명만이 유일하게 빛을 비추어 실내는 어슴푸레한 세피아빛으로 물들어 있었다.

"어서 오세요."

조금 전 말을 걸었던 여자가 안쪽 방에서 나와 고타로 앞에 물이 든 컵을 내려놓았다.

여자의 이름은 도키타 카즈. 세미롱 길이의 머리를 뒤로 묶고 하얀 와이셔츠에 검은색으로 맞춘 나비넥타이, 조끼, 소믈리에 앞치마를 걸치고 있었다. 카즈는 이 찻집 '푸니쿨리 푸니쿨라'의 웨이트리스였다.

카즈는 피부가 희고 눈꼬리가 길어 예쁘장했지만, 그다

지 인상에 남는 외모는 아니었다. 한 번 보고 눈을 감으면 어떤 얼굴이었는지 곧바로 떠오르지 않았다. 이를테면 존재감이 흐릿한, 올해 스물아홉 살이 되는 아가씨였다.

"아, 저기, 여긴, 그러니까, 음······."

고타로는 과거로 돌아가고 싶다는 말을 어떻게 꺼내야 할지 몰라 횡설수설했다. 그런 고타로의 모습을 태연한 얼굴로 쳐다보던 카즈는 휙 돌아서서 등을 돌린 채 입을 열었다.

"손님이 돌아가고 싶으신 과거는 언제죠?"

뽀그르르, 주방 안쪽에서는 사이펀으로 커피를 내리는 소리가 조용히 들려왔다.

'역시 이 웨이트리스는 내 속마음을 모두 꿰뚫어 보고 있었군······.'

은은하게 감도는 커피 향이 고타로의 '그날'의 기억을 선명하게 상기시켰다.

가미야 슈이치와 고타로가 7년 만에 재회한 장소는 이 찻집 앞이었다. 두 사람은 대학 시절 럭비부에서 함께 활동한 동료였다.

당시 고타로는 연대 보증을 선 지인의 회사가 도산하여 전 재산을 압류당하는 바람에, 갈 곳 없는 무일푼 노숙자 신세가 되어 있었다. 걸친 옷은 꾀죄죄하고 몸에서는 심한 악취를 풍겼다. 하지만 슈이치는 그런 고타로를 보고도 싫은 내색 하나 없이 우연한 만남을 기뻐했다.

이 찻집으로 고타로를 데려온 슈이치는 한차례 이야기를 듣더니 이렇게 말했다.

"우리 가게에서 일하자."

슈이치는 대학 졸업 후 럭비 실력을 인정받아 오사카 실업 구단에 입단했으나, 1년도 못 되어 부상을 당하는 바람에 선수 생명을 끝내고 양식 체인점에 취업했다.

지나치다 싶을 만큼 긍정적인 슈이치는 그 고비를 기회로 여기며 남들의 두 배, 세 배로 열심히 일했고, 마침내 일곱 개의 점포를 맡는 지역 매니저까지 올라갔다. 그러다 결혼을 계기로 독립하여 아내와 둘이 작은 정식집을 열었다. 지금은 가게가 번창했는지 일손이 부족하다고 했다.

"네가 도와주면 나도 한숨 돌릴 수 있어."

벼랑 끝에 몰려 살아갈 희망마저 상실했던 고타로는 슈이치의 그 말에 감사의 눈물을 흘리며 고개를 끄덕였다.

"좋아! 가자!"

슈이치는 쿵 소리와 함께 의자에서 벌떡 일어나 싱글벙글 웃으면서 입을 열었다.

"우리 딸도 보여 줄게."

"딸이라고?"

아직 미혼이었던 고타로는 슈이치에게 딸이 있다는 사실에 꽤나 놀란 듯 눈을 동그랗게 떴다.

"응, 태어난 지 얼마 안 됐어. 아주 예쁘다고."

고타로의 반응에 기분이 좋았는지 슈이치는 재빨리 전표를 집어 들고 경쾌하게 계산대로 향했다.

"여기 계산할게요."

계산대에 서 있던 사람은 눈이 실처럼 가늘고 무뚝뚝한, 키가 2m쯤 되어 보이는 남자 고등학생이었다.

"칠백육십 엔입니다."

"자, 여기요."

고타로와 슈이치는 럭비 선수였기 때문에 체격이 큰 편이었다. 그러나 자기들 이상으로 거대한 남자를 보고는

'럭비를 하기 위해 태어난 몸'이라는 생각이 들었는지, 두 사람은 얼굴을 마주 보며 킥킥 웃음을 터뜨렸다.

"잔돈이요."

슈이치는 남학생에게 거스름돈을 받고 곧장 출구로 걸어갔다.

노숙자 신세가 되기 전의 고타로는 연 매출 1억 엔이 넘는 부친의 회사를 물려받아 상당히 부유한 생활을 누렸다.

고타로는 성실한 성격이었지만, 돈은 사람을 변하게 한다. 거들먹거리며 돈을 흥청망청 쓰는가 하면, 돈만 있으면 무엇이든 할 수 있다고 생각한 시절도 있었다. 그러나 연대 보증을 선 지인의 회사가 무너지자 거액의 상환 의무로 고타로의 회사까지 무너지고 말았다.

고타로의 재산이 바닥나자 당시 주변에 있던 사람들은 죄다 손바닥 뒤집듯 그를 떠나갔다. 친구라고 믿었던 사람조차 "돈 없는 녀석은 아무런 쓸모도 없다."라는 말을 면전에다 내뱉으며 등을 돌리는 지경이었다.

그런데 슈이치는 빈털터리가 된 고타로를 필요로 했다.

아무런 대가도 바라지 않고 힘들어하는 사람을 위해 행

동할 수 있는 사람은 많지 않다. 가미야 슈이치는 그런 행동을 할 줄 아는 남자였다. 고타로는 찻집에서 나가는 슈이치의 뒷모습을 바라보며 '이 은혜는 반드시 갚을게.'라고 다짐한 후 뒤를 따랐다.

딸그랑딸그랑.

☕

"여기까지가 22년 전의 이야기입니다."

지바 고타로는 앞에 놓인 유리컵으로 손을 뻗어 칼칼한 목을 축이고는 조용히 한숨을 내쉬었다. 쉰한 살치고는 젊어 보였지만, 흰머리가 군데군데 눈에 띄었다.

"전 그 이후 하루라도 빨리 일을 배우려고 슈이치의 가게에서 열심히 일했습니다. 그런데 1년 후, 슈이치와 슈이치의 아내가 교통사고로 그만······."

20년 이상 지난 일인데도 아직 그날의 충격이 가시지 않은 모양인지, 고타로는 눈시울을 붉히며 제대로 말을 잇지 못했다.

쪼르륵 쪽쪽.

그때 카운터에 앉아 있던 소년이 오렌지주스의 마지막 한 방울까지 마셔 버릴 작정으로 빨대를 요란하게 빨아 댔다.

"그래서요?"

카즈는 일손을 멈추지 않고 지나가는 말투로 물었다. 아무리 심각한 이야기를 듣더라도 태도가 달라지는 일은 없었다. 그것이 카즈의 방식이자 타인과의 거리감이었다.

"……남겨진 슈이치의 딸을 제가 키우게 됐습니다."

고타로는 고개를 숙인 채 혼잣말처럼 대답하고는 천천히 일어나서 그 커다란 몸을 기역 자로 구부리며 머리를 깊이 조아렸다.

"부탁합니다. 저를 그날로, 22년 전의 그날로 돌아가게 해 주세요."

이곳은 십수 년 전 세상을 뜨겁게 달군 '과거로 돌아갈 수 있다.'라는 도시 전설로 유명해진 찻집 '푸니쿨리 푸니쿨라'.

도시 전설은 대부분 지어낸 이야기지만, 이 찻집에서는

정말로 과거로 돌아갈 수 있다는 소문이 퍼졌다.

헤어진 애인을 만나러 간 여자, 교통사고로 죽은 여동생을 만나러 간 언니, 기억을 잃기 전의 남편을 만나러 간 아내의 일화 등이 지금까지 입에서 입으로 전해졌다.

다만, 과거로 돌아가는 데는 성가신, 아주 성가신 규칙이 있었다.

먼저, 첫 번째 규칙.

과거로 돌아가도 이 찻집을 방문한 적이 없는 사람은 만나지 못한다.

만나고 싶은 사람이 이 찻집에 온 적이 없다면 과거로 돌아갈 수는 있지만, 그 사람을 만날 수는 없다. 즉, 과거로 돌아가겠다고 전국에서 사람들이 몰려들어도 대다수는 헛걸음만 하게 된다.

두 번째 규칙.

과거로 돌아가서 어떠한 노력을 할지언정 현실은 바뀌지 않는다.

이 규칙을 설명하면 찾아온 손님의 십중팔구는 실망하며 돌아간다. 왜냐하면 '과거로 가고 싶다.'며 찾아오는 손님의 목적은 대개 과거의 행동을 바로잡는 것이기 때문이다. 따라서 현실이 바뀌지 않는다는 말을 듣고도 과거로 떠나겠다는 손님은 거의 없다.

세 번째 규칙.
과거로 돌아갈 수 있는 자리는 정해져 있으며, 그 자리에는 먼저 온 손님이 앉아 있다. 그 자리에 앉을 기회는 먼저 온 손님이 화장실에 가기 위해 자리에서 일어났을 때뿐이다.
먼저 온 손님은 하루에 꼭 한 번 화장실에 가지만, 언제 갈지는 아무도 모른다.

네 번째 규칙.
과거로 돌아가도 자리에서 일어나 움직일 수 없다.
만약 자리에서 일어나면 현실로 강제 소환되고 만다. 따라서 과거로 돌아가도 찻집 밖으로 나가지 못한다.

다섯 번째 규칙.
과거에 머물 수 있는 시간은, 커피를 잔에 따른 후 그 커피가 식을 때까지에 한한다.

더구나 그 커피는 아무나 따를 수 없다. 현재 이 찻집에서 과거로 돌아가는 커피를 내릴 수 있는 사람은 도키타 카즈가 유일하다.

이런 성가신 규칙이 있는데도 소문을 듣고 '과거로 돌아가고 싶다.'며 찾아오는 손님이 있다.
고타로도 그중 하나였다.

"과거로 돌아가서 뭘 하시려고요?"
고타로가 가게에 들어왔을 때 자리를 안내해 준 여자가 물었다.
여자의 이름은 기지마 쿄코. 이 찻집의 단골이자 40대 초반의 전업주부다. 오늘은 우연히 가게에서 만났을 뿐이나, 과거로 돌아가고 싶다는 손님을 보는 일은 처음이었는지 고타로를 호기심에 가득 찬 얼굴로 쳐다보며 또다시 물었다.
"실례지만, 나이가 어떻게 되세요?"
"쉰하나입니다."

고타로는 대답은 했지만 '나이깨나 먹은 양반이 과거로 돌아가고 싶다 하니 눈치를 주는 것'이라고 착각했는지, 고개를 들지 못한 채 테이블 위에 포개 놓은 자신의 손등을 물끄러미 바라보며 미동도 하지 않았다.

"……죄송해요. 근데 놀라시지 않을까요? 사정도 모르는, 그, 누구였죠? 슈이치 씨라고 하셨나요? 갑자기 그쪽이 스물두 살이나 나이를 먹어서 나타나면……."

고타로는 여전히 고개를 숙인 채였다.

"응? 그렇지 않아?"

쿄코는 황급히 카운터 안의 카즈에게 동의를 구했다.

"그렇겠네요."

카즈는 그렇게 대답했지만 쿄코의 말에 동의한 것처럼 보이지는 않았다.

"엄마, 커피 식어."

오렌지주스 컵이 비자 따분해진 소년이 투덜거렸다. 소년의 이름은 기지마 요스케. 올봄에 초등학교 4학년에 올라가는 쿄코의 아들이다. 시원한 미디엄 헤어, 햇빛에 그을린 얼굴, 'MEITOKU FC'와 등 번호 '9'가 인쇄된 유니폼 차림의 전형적인 축구 소년이었다.

요스케는 쿄코의 옆에 놓인 종이봉투 속 테이크아웃 커피를 가리키고 있었다.

"괜찮아, 괜찮아. 할머니는 뜨거운 거 못 마시니까."

쿄코는 요스케의 귓가에 얼굴을 밀착시키고는 "조금만 더 기다려." 하고 속삭이더니 무언가 원하는 대답이 나오지 않을까 기대하는 눈빛으로 고타로에게 힐끔 시선을 던졌다.

"아닌 게 아니라 놀랄 수도 있겠네요."

고타로는 마음을 추슬렀는지 고개를 들고 중얼거렸다.

"그렇죠?"

고타로의 대답을 듣고 쿄코는 의기양양하게 맞장구쳤다. 카즈는 두 사람의 대화를 들으며 요스케에게 새 오렌지주스를 건넸고, 요스케는 무표정한 얼굴로 고개를 꾸벅 숙였다.

"정말, 과거로 갈 수 있다는 소문이 사실이라면, 슈이치에게 꼭 전하고 싶은 말이 있습니다."

질문을 한 사람은 쿄코였으나 고타로의 대답은 카즈를 향했다.

그 말을 들은 카즈는 표정 변화 없이 카운터에서 빠져나와 고타로 앞에 섰다.

고타로처럼 과거로 돌아갈 수 있다는 소문을 듣고 이 찻집을 찾아오는 손님은 종종 있었지만, 상대가 누구든 카즈의 태도는 한결같았다.

"규칙은 아시나요?"

카즈는 짧게 물었다. 이 찻집을 찾아오는 손님 중에는 규칙을 전혀 모르고 오는 사람도 있었기 때문이다.

"대충은……."

고타로는 얼버무리며 대답했다.

"대충?"

쿄코가 놀라워하며 상기된 목소리로 내질렀다. 이 가게 안에서 흥분한 사람은 쿄코뿐이었다.

카즈는 그런 쿄코를 슬쩍 쳐다볼 뿐 별다른 말은 하지 않았으나, 정곡을 찌르는 질문이라고 생각한 듯 카즈의 눈이 조용히 고타로를 향했다.

"어떤 자리에 앉아서 커피를 따라 달라고 하면 과거로 돌아갈 수 있다……, 라고만 들었습니다."

고타로는 미안한 표정으로 우물쭈물 대답하고는 긴장해서 목이 말랐는지 앞에 놓인 컵으로 손을 뻗었다.

"정말 대충이긴 하지만, 그 얘긴 누구한테 들으셨어요?"

쿄코의 질문이 또다시 고타로에게 일격을 가했다.

"슈이치입니다."

"슈이치라면……, 네? 그럼 22년 전에 들었다는 말씀이세요?"

"네, 이 찻집에 처음 왔을 때 슈이치한테서 들었습니다. 그 녀석은 진작부터 이 찻집의 소문을 알고 있었던 모양입니다."

"그렇군요."

"그러니 제가 나이 든 모습으로 나타나도 놀라기야 하겠지만, 슈이치라면 괜찮을 거로 생각합니다."

고타로는 그제야 쿄코의 조금 전 질문에 답했다.

"어떻게 하지, 카즈?"

쿄코는 마치 과거로 보내는 결정권이 두 사람에게 있는 듯한 말투로 물었다. 하지만 카즈는 그 질문에 아무런 대꾸도 하지 않았다.

다만 침착한 말투로 이렇게 말할 뿐이었다.

"과거로 돌아가서 무슨 일을 하든 현실은 전혀 바뀌지 않아요."

즉, 카즈는 이 얘기를 하고 싶었던 것이다.

친구분이 죽는다는 사실은 전혀 바뀌지 않습니다.

지금껏 이 찻집에는 '과거로 돌아가서 누군가의 죽음을 막겠다.'라는 목적으로 찾아오는 손님이 많았다. 그때마다 카즈는 이 규칙을 설명해 왔다.

물론, 카즈도 소중한 사람을 떠나보낸 슬픔을 모르는 바는 아니었다. 그러나 그것이 이 찻집의 규칙인 이상 그 누구라도, 어떤 이유에서라도 거역할 수 없는 일이었다.

"알고 있습니다."

고타로는 카즈의 말을 듣고도 당황한 기색 없이, 기어들어 가는 목소리로 그렇게 대답했다.

딸그랑딸그랑.

찻집의 카우벨이 울리며 입구에서 한 소녀가 들어왔다. 그 소녀를 보고 카즈는 '어서 오세요.' 대신 "잘 다녀왔니?" 하고 물었다.

소녀의 이름은 도키타 미키. 이 찻집의 주인 도키타 나가레의 딸이다.

"다녀왔사옵니다!"

미키는 새빨간 책가방을 자랑스럽게 메고서 가게 안이 쩌렁쩌렁 울릴 만큼 우렁찬 목소리로 별나게 인사했다.

"어머, 미키. 그 책가방 어디서 난 거야?"

물어본 사람은 쿄코였다.

"선물 받았어요."

미키는 함박웃음을 지으며 카즈를 가리켰다.

"어머나, 좋겠네."

그러면서 쿄코는 카즈에게로 시선을 돌리고 낮은 목소리로 속삭였다.

"근데 입학식은 내일이잖아?"

그렇다고 쿄코는 미키의 행동을 나무라는 것도, 놀리는 것도 아니었다. 책가방이 생겨서 기분이 좋은 나머지 입학식까지 기다리지 못하고 근처를 돌아다니다 온 미키의 모습이 귀여웠던 것이다.

"그러니까요."

카즈도 그렇게 대답은 했지만, 입꼬리를 올린 채 엷은 미소를 짓고 있었다.

"키누요 할머니는 잘 지내세요?"

미키는 이번에도 가게에 울리는 쩌렁쩌렁한 목소리로

물었다.

"그럼. 오늘도 미키네 아빠가 만들어 준 샌드위치랑 커피를 사러 온 거야."

쿄코는 옆에 내려놓은 종이봉투를 들어 보이며 말했다. 옆자리에 앉은 요스케는 미키에게 등을 돌린 채 두 번째 오렌지주스를 쪽쪽 빨아들였다.

"키누요 할머니는 안 질리신대요? 매일매일 아빠 샌드위치만 드시는데?"

"할머니는 미키네 아빠가 만드는 샌드위치랑 커피를 정말 좋아하시거든."

"그렇게 맛있지는 않은 것 같은데, 아빠 샌드위치."

미키의 목소리는 여전히 쩌렁쩌렁해서 주방에까지 대화 내용이 들린 모양이었다.

"어이, 어이, 누구 샌드위치가 맛없다고?"

신장 2m에 달하는 도키타 나가레가 커다란 몸을 숙이며 모습을 드러냈다.

나가레는 이 찻집의 주인이자 미키의 아빠였다. 선천적으로 심장이 약했던 미키의 엄마 케이는 6년 전 미키를 출산한 직후 세상을 떠났다.

"아, 그럼 소녀는 이쯤에서 실례하겠어요."

미키는 나가레의 추궁 따위 아랑곳하지 않고 별난 인사와 함께 쿄코에게 고개를 꾸벅 숙인 다음 안쪽 방으로 총총 사라졌다.

"소녀?"

쿄코가 어디서 그런 말투를 배웠느냐고 묻고 싶은 눈으로 나가레를 쳐다보았다.

"그러게요."

나가레는 어물쩍거리며 머리를 살짝 긁적일 뿐이었다.

쿄코와 나가레의 대화를 시큰둥하게 듣고 있던 요스케가 쿄코의 팔뚝을 쿡쿡 찔렀다.

"이제 가자."

요스케는 조금 진력난 듯한 말투로 채근했다.

"아, 그렇지, 그렇지."

아무래도 더는 안 되겠다고 쿄코도 생각했는지 카운터석에서 부랴부랴 일어났다.

"그럼 소녀도 슬슬 가 볼게요."

쿄코는 미키의 말투를 따라 하며 요스케에게 종이봉투를 쥐여 주고는 전표를 보지 않은 채 샌드위치와 커피값,

요스케가 마신 주스값을 카운터 위에 올려놓았다. 카즈가 따라 준 두 번째 주스값도 포함한 금액이었다.

"한 잔 값만 주셔도 돼요."

카즈는 오렌지주스 한 잔 값을 카운터 위에 남기고 덜컹덜컹 커다란 소리를 내며 금전등록기를 두드렸다.

"그럼 안 되지."

"제가 멋대로 드린걸요."

쿄코는 카운터에 남은 돈을 돌려받을 생각은 없었지만, 카즈는 이미 받아야 할 돈을 금전등록기 서랍에 집어넣은 후 영수증을 내밀고 있었다.

"흠, 그래?"

쿄코는 잠시 머뭇거렸으나 이쯤 되면 카즈가 절대로 뜻을 굽히지 않으리란 사실을 잘 아는지, "이거 미안한데." 하며 카운터에 남은 돈을 챙겨서 지갑에 넣었다.

"고마워."

"키누요 선생님께 안부 전해 주세요."

카즈가 쿄코에게 정중히 고개 숙여 인사했다.

카즈는 일곱 살 때부터 키누요가 교사로 일하던 미술 교실에 다녔고, 카즈에게 미술 대학에 진학하라고 권한 사람도 키누요였다. 미술 대학 졸업 후 카즈는 키누요의 미술 교실에서 아르바이트 강사로 일했으나, 키누요가 입원하면서 지금은 모든 수업을 도맡고 있었다.

"카즈, 여기 일이랑 병행하느라 힘들겠지만, 이번 주도 수업 잘 부탁해."

"네, 괜찮아요."

카즈가 대답하자 요스케가 "잘 먹었습니다." 하고 카운터 안의 카즈와 나가레에게 꾸벅 인사한 후 먼저 밖으로 나갔다.

딸그랑딸그랑.

"갈게요."

쿄코도 두 사람에게 가볍게 손을 흔들고는 요스케의 뒤를 쫓았다.

딸그랑딸그랑.

시끌벅적했던 가게가 순식간에 정적에 휩싸였다.

이 찻집에는 음악이 흐르지 않는다. 고로, 말을 하는 사람이 없으면 하얀 원피스를 입은 여자가 소설책을 넘기는 소리까지 귀에 들어올 정도로 조용했다.

"키누요 씨 어떻대?"

유리컵을 닦고 있던 나가레가 중얼거리듯 물었으나, 카즈는 고개를 살짝 숙일 뿐 그 질문에는 대답하지 않았다.

"그렇구나."

나가레는 나지막이 대답한 후 그대로 안쪽 방으로 모습을 감췄다.

가게 안에는 고타로와 카즈, 그리고 하얀 원피스를 입은 여자만 남았다.

카즈는 평소처럼 카운터 안을 정리하며 고타로에게 말을 걸었다.

"혹시 괜찮으시면 말씀해 주실래요?"

카즈가 묻는 것은 고타로가 과거로 돌아가고 싶어 하는 이유였다.

고타로는 카즈의 얼굴을 흘낏 쳐다보았다가 곧바로 시선을 돌리고는 조용히 심호흡했다.

"실은……."

어쩌면 고타로는 과거로 돌아가려는 이유를 일부러 말하지 않으려고 했는지도 모른다.

쿄코라는 제삼자의 존재도 말을 아끼고 싶은 까닭 중 하나였을 것이다.

하지만 지금은 하얀 원피스를 입은 여자 외에는 아무도 없었다. 고타로는 카즈의 질문에 띄엄띄엄 대답하기 시작했다.

"딸이 결혼합니다."

"결혼이라고요?"

"네. 정확히 말하면 슈이치의 딸이지요."

고타로는 나직이 중얼거렸다.

"기왕이면 결혼하는 딸에게 친아버지의 모습을 보여 주고 싶어서……."

고타로가 정장 안주머니에서 슬림형 디지털카메라를 꺼냈다.

"슈이치의 메시지를 담았으면 해서요……."

그렇게 말하는 고타로는 어쩐지 쓸쓸하고 연약해 보였다. 카즈는 그런 고타로를 물끄러미 바라보며 조용히 입을 열었다.

"그다음에는요?"

카즈는 친아버지의 존재를 알린 다음의 일을 묻는 것이었다.

고타로는 심장이 꽉 조여 오는 느낌을 받았다.

'이 웨이트리스에게는 거짓말이 통하지 않는지도 모르겠어.'

마치 답변을 준비해 놓은 양 고타로는 허공을 바라보며 조용히 대답했다.

"제 역할이 끝나는 것뿐입니다."

고타로와 슈이치는 같은 대학교 럭비부에서 활동했으나, 처음 만난 것은 초등학교 시절 럭비 스쿨에 들어갔을 때로 거슬러 올라간다.

다른 팀에 속했던 두 사람은 이따금 시합에서 대결했다. 물론 초등학생 때부터 서로의 존재를 의식한 것은 아니었다. 두 사람은 각각 다른 중학교와 고등학교에 올라가서도 꾸준히 럭비를 했고, 공식 경기에서 대결하는 동안 차츰 서로의 존재를 의식하기 시작했다.

그 후 두 사람은 우연히 같은 대학교에 입학하여 같은 럭비부에서 뛰게 되었다. 고타로는 풀백(fullback), 슈이치는 스탠드오프(Stand off)라는 포지션을 맡았다.

스탠드오프는 등 번호 10번을 짊어지는 럭비의 가장 빛나는 포지션이다. 야구의 4번 타자나 투수, 축구의 에이스 스트라이커에 해당한다.

스탠드오프로서 슈이치의 활약은 대단했다.

당시의 별명은 '천리안 슈이치'로, 시합에서 기적 같은 경기를 펼치는 그를 두고 "미래가 보이는 것 아니냐."라는 소문까지 돌았을 정도다.

럭비는 열다섯 명의 선수와 열 종류의 포지션으로 구성되는데, 슈이치는 다른 선수의 성격과 장단점을 파악하여 어느 선수를 어느 포지션에 배치하면 가장 잘 활약할지 꿰뚫어 보는 능력이 있었다.

그 덕분에 대학 럭비부에서는 상급생에게도 무한한 신뢰를 얻으며 일찍이 주장 후보로서 기대를 모았다.

한편, 고타로는 초등학생 때부터 여러 포지션을 전전했다. 부탁을 받으면 거절하지 못하는 성격 때문에 사람이 부족한 포지션을 맡는 경우가 허다했다.

그런 고타로를 풀백이라는 포지션에 고정한 사람이 슈이치였다.

풀백은 '최후의 요새'라고 불리는 럭비의 중요한 포지션이다. 팀의 수비 라인을 돌파해 오는 상대 선수를 확실한 태클로 방어해서 트라이(럭비에서 상대의 골라인 안에 골을 찍어서 5점을 얻는 것)를 막아야 한다.

슈이치가 고타로를 풀백에 추천한 이유는 뛰어난 태클 기술 때문이었다. 슈이치는 중학교와 고등학교 공식전에서 고타로와 대결했을 때 단 한 번도 고타로를 뚫고 지나가지 못했다. 그 경이로운 태클은 같은 편 팀원에게 절대적인 안심을 주었다. 슈이치의 과감한 공격은 고타로의 철벽같은 수비가 있기에 가능했다.

"네가 뒤를 맡아 주면 안심할 수 있어."

이것이 슈이치의 시합 전 말버릇이었다.

대학을 졸업하고 나서 7년 후, 두 사람은 이 찻집 앞에서 재회했다.

찻집에서 나온 두 사람은 슈이치가 사는 아파트로 향했다. 슈이치의 아내 요코와 갓 태어난 딸 하루카가 맞아 주었다.

미리 슈이치의 연락을 받았는지 요코는 고타로를 위해 목욕물을 준비하고 기다리고 있었다.

"풀백 고타로 씨죠? 남편한테 얘기 많이 들었어요."

요코는 고약한 냄새를 풍기는 고타로에게 사근사근 인사하며 환영해 주었다.

오사카 출신의 요코는 슈이치 못지않게 다른 사람 치다꺼리를 좋아하는 성격이라, 잠자는 시간 빼고는 쉴 새 없이 재잘댔고, 상대방에게 농담을 던져 기꺼이 웃음을 주곤 했다. 두뇌 회전이 빠르고 행동력도 있어서 이튿날에는 고타로가 머물 장소와 당장 입을 옷가지 따위를 준비해 두었다.

회사가 도산한 후 사람을 불신하게 된 고타로도 슈이치의 가게를 돕기 시작한 지 2개월쯤 지났을 무렵에는 예전의 밝은 성격을 완전히 되찾았다.

단골손님이 올 때마다 요코는 고타로를 가리키며 "남편이 대학 시절에 가장 신뢰했던 럭비 선수였어요." 하고 자랑했다. 그러면 고타로는 쑥스러워하면서도 기분 좋은 듯이 "이 가게에서도 그런 칭찬을 듣기 위해 수련하는 중입니다." 하고 희망적인 미래를 입에 담게 되었다.

모든 일이 순조롭게 진행되는 듯했다.

그러던 어느 날 오후, 요코가 심한 두통을 호소하자 슈이치가 병원에 데려가기로 했다. 그렇다고 가게 문을 닫을 수는 없어 고타로가 하루카를 돌보기로 하고 가게에 남았다.

 구름 한 점 없는 청명한 하늘을 배경으로 눈송이 같은 벚꽃잎이 한들한들 떨어지는 날이었다.

"하루카를 부탁하마!"

이 말을 남기며 현관에서 뒤돌아본 슈이치의 모습을 본 것이 마지막이었다.

 슈이치와 요코의 부모와 조부모는 이미 타계하여 하루카는 한 살의 나이에 천애 고아가 되었다. 슈이치와 요코의 장례식에서 부모의 죽음을 이해할 리 없는 하루카의 웃는 얼굴을 바라보며, 고타로는 자신이 하루카를 키우기로 결심했다.

☕

댕, 댕, 댕…….

괘종시계의 시간을 알리는 종이 여덟 번 울렸다.

고타로는 종소리에 놀라서 고개를 번쩍 들었다. 눈꺼풀이 무겁고 시야가 희뿌옜다.

"여긴……?"

주위를 둘러보니 펜던트 조명이 비추는 세피아빛 실내가 보였다. 천장에서 천천히 돌아가는 실링 팬, 짙은 갈색의 대들보와 기둥. 척 봐도 골동품인 커다란 앤티크 괘종시계 세 개.

고타로는 자신이 잠들었다는 사실을 깨닫기까지 시간이 조금 걸렸다. 가게 안에는 원피스를 입은 여자 외에는 아무도 없었다.

두 뺨을 손으로 탁탁 때리며 기억을 더듬어 보니, "과거로 돌아갈 수 있는 자리는 언제 빌지 모릅니다."라는 카즈의 말을 듣고 잠시 멍하니 있는 사이에 잠들었던 것이 떠올랐다. 과거로 돌아가겠다는 일생일대의 결심을 해 놓고 잠들어 버린 자신에게도 놀랐지만, 그런 고타로를 내버려 둔 웨이트리스도 의아하다는 생각이 들었다.

고타로는 일어서서 안쪽 방을 향해 외쳤다.

"저기요!"

그러나 아무런 대답이 없었다.

고타로는 시간을 확인하기 위해 괘종시계 하나를 쳐다

봤지만, 이내 자신의 손목시계로 시선을 돌렸다.

이 찻집에 들어와서 가장 먼저 수상하다고 생각한 것은 가게 안에 있는 커다란 앤티크 괘종시계였다. 세 개나 설치되어 있는데도 가리키는 시각은 저마다 달랐다. 얘기를 들어 보니 양옆의 시계는 고장이 났는지 한쪽은 빠르고 한쪽은 느리다고 했다. 아무리 수리를 해도 그렇게 된다는 것이다.

"8시 12분······."

고타로는 눈앞에 앉아 있는 하얀 원피스를 입은 여자를 바라보았다.

슈이치가 들려준 이 찻집의 이야기 중 고타로가 딱 하나 확실히 기억하는 것이 있었다. 바로 "과거로 돌아가는 자리에는 유령이 앉아 있다."라는 말이었다. 너무 미심쩍어서 믿기가 어려웠다. 그래서 더욱 확실히 기억하고 있었다.

여자는 고타로의 시선 따윈 아랑곳없이 그저 태연한 얼굴로 소설을 읽었다.

'······앗.'

고타로는 여자의 얼굴을 보다가 문득 어디선가 만난 적이 있는 듯한 묘한 기분이 들었다. 하지만 여자가 진짜 유령이라면 그건 있을 수 없는 일이었다. 고타로는 고개를 절레절레 저으며 떠오르는 기억을 떨쳐 냈다.

탁.

별안간 원피스를 입은 여자가 소설책을 덮으면서 그 소리가 고요한 가게에 울려 퍼졌다. 예기치 못한 여자의 행동에 심장이 튀어나올 정도로 놀란 고타로는 카운터 의자에 발이 걸려 넘어질 뻔했다.

상대가 인간이라면 그 정도로 놀라지는 않았겠지만, 어찌 됐건 유령이라는 말을 들은 터였다. 아직 그 말을 믿은 것은 아니나 '유령 = 불길한 존재'라는 이미지를 완전히 떨칠 수는 없었다.

"……."

고타로는 등줄기에서 흘러내리는 땀을 느끼며 그 자리에 꼼짝없이 서 있었다.

원피스를 입은 여자는 그런 고타로의 반응을 무시한 채 소리 없이 일어나 자리에서 슥 빠져나오더니, 읽고 있던 소설책을 소중히 안고 입구를 향해 조용히 걸어갔다.

고타로는 두근두근 터질 듯한 심장 고동을 느끼며 앞에

서 소리 없이 지나가는 여자를 눈으로 좇았다.

원피스를 입은 여자가 입구를 빠져나가 오른쪽으로 몸을 돌리자 모습이 보이지 않았다. 그쪽에는 분명 화장실이 있었다.

'유령이 화장실에?'

고타로는 고개를 갸웃하며 원피스를 입은 여자가 앉았던 자리를 바라보았다. 과거로 돌아가기 위한 자리는 지금, 비어 있었다.

고타로는 화장실에 간 여자가 갑자기 무시무시한 형상으로 돌아오지는 않을까 경계하며 한 발자국, 한 발자국 그 자리로 다가갔다. 그러나 아무리 뜯어봐도 특별한 구석이라고는 찾아볼 수 없는 평범한 의자였다.

의자는 고양이 다리처럼 부드러운 곡선을 그렸고, 방석과 등받이에는 연한 모스그린 색깔의 천이 덧대어 있었다. 앤티크에 문외한인 고타로조차 상당히 값비싼 의자라는 사실은 알 수 있었다.

'이 의자에 앉으면······.'

고타로가 조심조심 의자 등받이에 손을 올렸을 때 안쪽 방에서 찰싹찰싹 슬리퍼를 끄는 소리가 들려왔다.

그쪽으로 고개를 돌리자 잠옷 차림의 소녀가 서 있었다. 고타로의 기억이 맞다면 이 찻집 주인의 딸, 미키라는 아이였다.

미키는 동글동글하고 큰 눈으로 고타로를 말끄러미 바라보았다. 낯선 어른을 마주하고도 경계심이 없었다. 미키의 저돌적인 눈빛에 오히려 고타로가 멈칫했다.

"……아, 안녕?"

고타로는 의자에 올렸던 손을 황급히 치우며 미키에게 상기된 목소리로 인사했다. 미키는 종종걸음으로 고타로에게 다가왔다.

"아저씨, 과거로 돌아가고 싶어요?"

미키는 커다란 눈으로 고타로의 얼굴을 들여다보며 물었다.

"아, 그게 말이지……."

고타로는 어떻게 대답해야 좋을지 몰라서 당황하며 말을 버벅댔다.

"왜요?"

미키는 고타로의 당혹감 따윈 안중에도 없다는 듯 고개를 갸웃했다.

고타로는 미키와 대화하는 사이에 원피스를 입은 여자가 돌아오면 어쩌나 초조해져서, 미키에게 "어른을 불러 줄래?" 하고 부탁했다.

그러나 미키는 고타로의 말은 전혀 들은 체도 않고 그 옆을 휙 지나치더니 원피스를 입은 여자가 앉아 있던 자리 앞에 섰다.

"카나메 씨 화장실에 갔구나."

미키가 빈자리 앞에서 고타로에게로 눈길을 돌리며 말했다.

"카나메 씨?"

"……."

미키는 말없이 찻집 입구로 시선을 향했다. 그 시선을 따라 고타로도 입구를 바라보았다. 조금 전 원피스를 입은 여자가 화장실로 간 곳이었다.

고타로는 이해한 듯 고개를 살짝 끄덕였다.

"아아, 저분이 카나메 씨로구나?"

하지만 그 말이 끝나기도 전에 미키가 고타로의 손을 잡아당겼다.

"앉아요."

그러고는 원피스를 입은 여자가 마시던 커피 잔을 척척

정리하더니 슬리퍼를 찰싹찰싹 끌면서 주방으로 모습을 감췄다. 반박할 틈도 없었다.

'어쩌면 저 아이가 날 과거로 보내 줄지도 몰라.'

고타로는 미키가 들어간 주방 쪽을 잠시 얼떨떨하게 바라보다가, 문득 이런 생각이 스치자 긴장한 표정으로 눈앞의 테이블과 의자 사이로 들어가 앉았다.

어떤 절차를 거쳐 과거로 돌아가는지는 짐작할 수 없었으나, 과거로 가는 의자에 앉아 있다고 생각하니 심장 고동이 한층 빨라졌다.

잠시 후 미키는 자그마한 두 손으로 은주전자와 새하얀 커피 잔을 쟁반에 받쳐 들고 달그락달그락 소리를 내며 돌아왔다.

"소녀가 지금부터 아저씨한테 커피를 따라 줄 거예요."

고타로의 옆에서 미키가 쟁반을 붙들고 두 손을 후들후들 떨면서 말했다.

'괘, 괜찮을까?'

무심코 입 밖으로 내뱉을 뻔했지만, 고타로는 꾹 참으며 불안한 얼굴로 힘껏 대답했다.

"아, 그래."

그런 고타로의 낯빛을 살펴볼 여유라곤 없는 미키의 동글동글한 눈은 쟁반 위 커피 잔에 못 박혀 있었다.

"과거로 돌아갈 수 있는 건……."

미키가 설명을 하려던 그때, 안쪽 방에서 티셔츠 차림의 나가레가 고개를 불쑥 내밀었다.

"뭐 하는 거야?"

나가레는 한숨 섞인 목소리로 중얼거렸다. 화를 낸다기보다 또 시작이냐고 기막혀하는 반응이었다.

"소녀가 이 아저씨한테 커피 따라 주는 거야."

"너는 아직 안 된다니까. 그리고 그 소녀라는 말도 이제 그만해."

"소녀가 따라 줄 거야."

"안 돼."

위태롭게 흔들리는 쟁반을 들고 자그마한 미키가 뾰로통한 얼굴로 거구의 나가레를 올려다보았다.

나가레는 실처럼 가느다란 눈을 더욱 가늘게 뜨고 입을 한껏 시옷 자로 만든 채 미키를 내려다보았다. 서로 한 치도 물러서지 않는 팽팽한 신경전이 벌어졌다. 먼저 말을 꺼내는 사람이 지는 분위기였다.

어느새 밖으로 나온 카즈가 나가레의 뒤에서 천천히 옆으로 걸어와 미키 앞에 무릎을 꿇고 앉았다.

"소녀는……."

카즈가 똑같은 눈높이에서 물끄러미 바라보자 화가 난 미키의 커다란 눈에 서서히 눈물이 고이기 시작했다. 미키의 패배가 결정된 순간이었다.

"나중에, 응?"

그런 미키에게 카즈는 생긋 웃으며 타이른 후 미키가 든 쟁반을 조용히 가져갔다.

미키가 눈물이 글썽한 눈으로 나가레를 올려다보자, 나가레도 "그래."라고 한마디 말한 후 미키를 향해 다정하게 손을 내밀었다. 이제 나가레의 얼굴에서도 딱딱한 표정은 찾아볼 수 없었다.

"알겠어."

미키는 나가레가 내민 손을 순순히 잡으며 나가레의 겨드랑이에 파고들었다. 방금까지의 심통 난 표정은 순식간에 사라졌다. 속상한 일이 있어도 질질 끄는 법이 없고, 기분 전환이 빨랐다.

그런 미키의 태도를 보고 나가레는 '제 엄마를 똑 닮았어.'라고 생각하며 씁쓸하게 웃었다.

고타로는 미키를 대하는 카즈의 태도를 보고 '이 웨이트리스는 아이의 엄마가 아니군.' 하고 생각했다. 더욱이 이 나이대의 여자아이를 상대하는 나가레의 어려움도 손바닥 들여다보듯 훤히 이해했다. 그 자신도 하루카라는 딸을 남자 손 하나로 기른 경험이 있었기 때문이다.

"규칙을 확인할게요."
과거로 돌아가는 자리에 앉은 고타로의 옆에서 카즈가 속삭였다. 가게 안은 여전히 적막이 흘렀다.

고타로는 22년 전 슈이치가 얘기해 준 규칙을 어렴풋하게만 기억하고 있었다.

기억하는 규칙은 과거로 돌아갈 수 있다는 것, 과거로 돌아가서 무슨 일을 해도 현실은 바뀌지 않는다는 것, 자리에는 유령이 있다는 것 정도라서 내심 불안한 마음도 들었다. 따라서 고타로는 카즈의 설명에 감사히 귀를 기울였다.

"먼저 첫 번째 규칙입니다. 과거로 돌아가도 이 찻집을 방문한 적이 없는 사람은 만날 수 없습니다."

이 규칙을 듣고도 고타로는 특별히 놀라지 않았다. 22년 전, 이 찻집으로 고타로를 데리고 온 사람은 슈이치였다. 이 찻집에 방문한 사실은 틀림없었다.

고타로가 당황한 표정을 보이지 않자 카즈는 곧이어 다음 설명으로 넘어갔다.

과거로 돌아가서 어떠한 노력을 하더라도 현실은 바뀌지 않는다.

과거로 돌아갈 수 있는 곳은 고타로가 앉아 있는 자리뿐이고, 그 자리에서 일어날 수 없으며, 만약 일어나면 현실로 강제 소환된다.

고타로는 자리에서 일어날 수 없다는 말을 들었을 때만 "그런가요?" 하고 반문했으나, 다른 규칙은 대략 예상 범위 내에 있었는지 무덤덤하게 "알겠습니다."라고 짧게 대답했다.

"커피를 다시 내려 올 테니 잠시만 기다려 주세요."

설명을 한차례 끝낸 카즈가 주방으로 들어갔다.

"실례지만, 저분은 사모님이 아니시죠?"

남겨진 고타로는 앞에 서 있는 나가레에게 물었다. 특별히 궁금하지는 않았지만, 저도 모르게 질문이 입 밖으로 튀어나왔다.

"네, 제 사촌 동생입니다."

나가레는 그렇게 대답하고는 미키에게로 시선을 슬쩍

돌렸다.

"이 녀석 엄마는 아이를 낳고……."

거기까지 말하고 나가레는 입을 다물었다. 슬픔을 못 이겨 입을 다문 것이 아니었다. 고타로에게는 굳이 말하지 않아도 전해지리라 생각했던 것이다.

"그렇군요……."

아니나 다를까, 고타로는 이렇게 대답한 후 더 이상 아무것도 묻지 않았다. 실처럼 가느다란 눈의 나가레와 동글동글하고 커다란 눈의 미키를 번갈아 보면서 '이 아이는 분명 엄마를 닮았겠군.' 하고 생각하며 카즈가 돌아오기를 기다렸다.

잠시 후 카즈가 주방에서 돌아왔다.

주방으로 들어가기 전과 마찬가지로 은주전자와 새하얀 커피 잔을 쟁반에 받쳐 들고 있었다. 가게 안에는 방금 카즈가 내린 커피 향이 감돌았다. 풍부하고 가슴에 스며드는 향이었다.

카즈는 고타로의 테이블 옆에 서서 나머지 설명을 이어서 하기 시작했다.

"지금부터 제가 커피를 따라 드릴 거예요."

그렇게 말하며 카즈는 고타로 앞에 하얀 커피 잔을 내려놓았다.

"네."

고타로는 잔으로 시선을 떨어뜨렸다. 얼룩 하나 없는 맑은 순백의 커피 잔에 시선을 빼앗긴 동안에도 카즈의 설명은 이어졌다.

"과거로 돌아갈 수 있는 시간은 제가 커피를 따르고 난 다음부터 그 커피가 완전히 식을 때까지입니다."

"네."

고타로는 이 규칙도 슈이치에게서 들었는지, 과거로 돌아갈 수 있는 시간은 커피가 식을 때까지의 짧은 시간이라는 말에도 별반 놀라지 않았다.

카즈는 고개를 가볍게 끄덕이며 설명을 계속했다.

"그러니 커피는 식기 전에 마셔야 합니다. 만약 다 마시지 못하면……."

다음에는 보통 '유령으로 변해서 이 자리에 계속 앉게 된다.'라는 설명이 이어지는데, 이는 과거로 돌아가려는 사람에게는 상당히 위험한 규칙이었다. 만나고 싶은 상대를 만나지 못하거나 현실을 바꿀 수 없는 상황은 자신이 유령으로 변하는 것에 비하면 위험한 일도 아니었다.

그런데 자칫 잘못 말했다가는 농담처럼 들릴 수도 있었다. 카즈가 진중함을 더하고자 잠시 뜸을 들이고 있을 때였다.

"허깨비가 되죠?"

고타로의 입에서 엉뚱한 말이 튀어나왔다.

"네?"

얘기를 듣고 있던 나가레가 무심코 반응했다.

"허깨비 말입니다."

고타로는 아무 망설임 없이 다시 한번 똑같은 대답을 반복했다.

"이 규칙만큼은 슈이치한테 들었을 때 너무 미심쩍어서……, 아, 죄송합니다……. 믿기 어려운 이야기라서 똑똑히 기억하고 있습니다."

나가레는 과거의 경험을 통해, 이 규칙을 지키지 못하면 유령으로 변한 당사자보다 현실에 남은 사람의 상처가 크다는 사실을 잘 알고 있었다. 고타로의 경우 딸 하루카의 충격은 이루 헤아릴 수 없을 터였다.

그런데 웬일인지 고타로가 슈이치에게서 들었다는 '허깨비가 된다.'라는 규칙에는 그런 긴장감이 묻어나지 않았다. 어쩐지 우스꽝스럽기까지 했다.

그러나 고타로의 눈빛이 진지했기 때문에 나가레는 쉽사리 아니라는 말도 못 하고 "아, 아니, 그게……."라고만 얼버무렸다.

하지만 카즈는 태연한 얼굴로 선뜻 대답했다.

"맞아요."

"뭐?"

그 대답을 들은 나가레는 깜짝 놀랐다. 실처럼 가는 눈을 크게 뜨고 입을 떡 벌린 채 어처구니없다는 표정을 지었다. 옆에 있는 미키는 '허깨비'란 단어가 무슨 뜻인지 모르는 듯 눈망울을 굴리며 나가레의 얼굴을 가만히 올려다보았다.

그러나 카즈는 나가레의 동요에도 아랑곳없이 규칙을 계속해서 설명했다.

"잘 기억해 주세요. 만약 커피가 식기 전까지 마시지 못하면 이번에는 손님이 허깨비로 변해서 여기에 앉게 될 겁니다."

슬며시 허깨비로 바꿔 말하는 솜씨는 고단수였으나 정작 카즈는 설명하기 귀찮았을 뿐인지도 몰랐다. 요컨대 유령이든 허깨비든 매한가지라는 것이다.

"그럼, 조금 전까지 여기에 앉아 있던 분도?"

고타로는 카즈의 설명을 듣고 원피스를 입은 여자도 과거로 갔다가 돌아오지 못했느냐고 물었다.

"……네."

카즈는 고타로의 물음에 잠시 시간을 두고 대답했다.

"그분은 왜 커피를 못 마신 건가요?"

고타로에게는 단순한 흥밋거리인지도 몰랐다. 하지만 이때만큼은 카즈의 얼굴이 가면처럼 굳어져 감정을 읽을 수 없었다.

고타로는 '물어봐선 안 되는 걸 물었나?' 하고 생각했으나, 카즈가 그런 표정을 지은 것은 한순간이었고 곧이어 다시 말문을 열었다.

"그분은 고인이 된 남편을 만나러 가셨는데, 어쩌다 보니 시간이 가는 걸 잊으셨나 봅니다. 정신을 차렸을 땐 이미 커피가 식어서……."

'그다음은 말 안 해도 아시겠지요?'라는 듯 카즈는 중간에 말을 끊었다.

"그랬군요."

고타로도 다소 동정하는 표정으로 조금 전 원피스를 입은 여자가 사라진 입구 쪽으로 시선을 옮기며 대답했다.

"준비되셨나요?"

고타로가 더 이상 아무것도 묻지 않자 카즈가 말을 꺼냈다.

"부탁합니다."

고타로는 작게 한숨을 내쉰 후 대답했다.

카즈는 쟁반 위의 은주전자로 손을 뻗었다. 식기에 관해 잘 모르는 고타로도 그 은주전자의 광택을 보고는 한눈에 고가의 물건임을 알아보았다.

"그럼……."

카즈가 한마디 운을 떼자 분위기가 눈에 띄게 달라지는 것을 고타로는 피부로 체감했다.

실내 온도가 1도쯤 내려간 듯이 공기가 팽팽하게 긴장되면서, 무음에 가까운 가게의 고요함이 투명하게 비치는 듯했다.

카즈는 은주전자를 살짝 들어 올리며 속삭였다.

"커피가 식기 전에……."

카즈는 은주전자를 커피 잔 위에서 일직선으로 천천히 내리기 시작했다. 그 동작은 마치 엄숙한 의식처럼 빈틈

이 없었고, 또한 누구도 범할 수 없는 절제된 아름다움이 있었다.

은주전자가 커피 잔 몇 센티미터 위까지 내려오자 새하얀 주전자 부리에서 까만 실선처럼 커피가 소리 없이 잔으로 흘러들었다. 아무 소리도 나지 않아 커피라는 액체가 주전자에서 잔으로 옮겨진다는 실감이 들지 않았다. 천천히 수면만 높아지며 잔에는 칠흑처럼 어두운 커피가 채워졌다.

그 아름다운 일련의 동작을 눈으로 좇던 고타로는 잔에서 피어오르는 한 줄기 기체를 보았다.

그때 현기증 같은 기이한 감각이 고타로를 휘감으면서 테이블 주위가 출렁출렁 일그러지기 시작했다.

"아……."

고타로는 또다시 졸음이 쏟아지는가 싶어 눈을 비비려다가 무심코 외마디 비명을 터뜨렸다.

자신의 손이, 몸이, 커피에서 피어오른 기체로 변하고 있었다. 출렁출렁 일그러지던 것은 풍경이 아니라 바로 고타로 자신이었다. 그러자 주변 풍경이 단숨에 위에서 아래로 놀라우리만치 빠른 속도로 흘러갔다.

"머, 멈춰!"

고타로가 큰 소리를 내질렀다. 고타로는 고공에서 낙하하는 놀이기구를 보기만 해도 까무러칠 듯이 무서워했기 때문이다. 그러나 위에서 아래로 흐르는 풍경은 22년이라는 긴 시간을 거슬러 올라가기 위해 더욱 속력을 높였다.

눈이 핑글핑글 돌았다. 이제 막 과거로 돌아가려는 순간에 고타로의 의식은 점점 멀어져 갔다.

슈이치 부부가 죽은 후 고타로는 정식집을 꾸려 나가며 하루카를 길렀다.

워낙에 무슨 일이든 꼼꼼하게 해내던 고타로는 슈이치가 죽기 전 이미 요리부터 경리까지 모든 가게 일은 혼자 맡을 수 있는 수준에 달했다.

그러나 미혼인 고타로에게 육아는 상상을 초월할 정도로 고된 일이었다.

한 살이면 아장아장 걷기 시작할 때라 한시도 눈을 떼지 못했다. 밤에는 심하게 울어 대서 제대로 잘 수조차 없었다. 어린이집에 보내면 조금은 편해지지 않을까 기대했으나, 하루카는 낯가림이 심한 아이라 어린이집에 가는 것도 싫어해서 매일같이 울며불며 떼를 썼다.

하루카가 초등학생이 되자 가게를 돕겠다고 했지만, 방해만 될 뿐이었다. 밖에서 배워 오는 말은 무슨 소린지 알아들을 수 없는가 하면, 얘기를 들어 주지 않으면 금세 토라졌다. 열이 나면 간병은 기본이고, 아무리 아이라도 생일이며 크리스마스며 화이트데이며 이래저래 챙겨야 할 행사가 많은 데다 휴일에는 놀이공원에 데려가 달라느니, 이게 갖고 싶다, 저게 갖고 싶다 칭얼대는 탓에 고타로를 난감하게 했다.

중학생 때는 반항기가 찾아왔고 고등학생 때는 소매치기를 해서 경찰의 연락을 받는 날도 있었다.

사춘기의 하루카를 키우는 동안 산전수전 다 겪었지만, 아무리 힘든 일이 있어도 홀로 남은 하루카를 행복하게 기르겠다는 고타로의 결심은 흔들리지 않았다.

하루카가 오비 사토시라는 남자를 데리고 온 것은 지금으로부터 3개월 전이었다. 결혼을 전제로 교제하는 중이라고 했다.

세 번째 방문 때 "하루카를 제게 주십시오."라고 말한 사토시에게 고타로는 "잘 부탁하네."라는 단 한마디로 답했다. 하루카의 행복을 생각하면 반대할 이유는 없었다.

고등학교 졸업 후 완전히 철이 든 하루카는 조리사 전문학교에 진학하여 그곳에서 사토시를 만난 것이었다. 전문학교를 졸업하자 사토시는 이케부쿠로에 있는 호텔 레스토랑에 취직하고 하루카는 정식집을 돕게 되었다.

고타로가 자신의 거짓말에 강한 죄책감을 느끼게 된 것은 하루카의 결혼이 결정되고 나서부터였다.

22년간, 고타로는 하루카를 자신의 딸이라고 속이며 키워 왔다. 피붙이가 아무도 없다는 사실을 감추기 위해 지금까지 호적을 보여 준 적도 없었다. 하지만 결혼을 한다면 얘기는 달라진다. 혼인 신고서를 낼 때 하루카는 자신이 천애 고아라는 사실을 알게 될 터였다. 그리고 이는 고타로가 오랫동안 숨겨 온 거짓말이 들통나는 순간이기도 하다.

고민 끝에 고타로는 결혼식 전에 하루카에게 진실을 밝히기로 마음먹었다. 결혼식에는 진짜 아버지가 참석해야 한다고…….

'진실을 알면 하루카가 큰 상처를 받겠지만, 더 이상 어쩔 수 없어…….'

지금으로서는 이미 엎질러진 물이나, 일이 이렇게 될 바에야 하루카가 성인이 되기 전에 진실을 말했어야 했다고 후회했다.

☕

"저, 손님……."

누가 어깨를 흔들어 깨우기에 고타로가 눈을 뜨니 바로 앞에 몸집이 큰 남자가 서 있었다.

고타로는 새카만 교복 바지와 소매를 걷어 올린 흰색 와이셔츠에 갈색 앞치마를 두른 그 커다란 남자가 낯설지 않았다. 이 찻집의 주인 나가레였다. 하지만 언뜻 보기에도 어렸다.

고타로의 뇌리에 그날의 기억이 떠올랐다.

이 어린 주인 나가레는 분명히 22년 전에도 이곳에 있었다.

천장에서 천천히 돌아가는 실링 팬, 밤색 대들보와 기둥, 토벽의 색, 그리고 시간이 제각기 다른 세 개의 괘종시계, 펜던트 조명만이 비추는 세피아빛 가게는 22년 전이라는 시간을 되돌아왔는데도 그대로였다. 만약 눈앞에 앳되어 보이는 나가레가 없었다면 고타로는 과거로 돌아왔다는 사실을 알아채지 못했을지도 모른다.

하지만 그런 가게 안을 둘러볼수록 고타로의 심장은 빠르게 뛰었다.

'없다!'

그날로 돌아왔다면 있어야 할 슈이치의 모습이 보이지 않았다.

그러고 보니 이런저런 규칙을 설명해 주기는 했지만, 어떻게 하면 '그날'로 돌아갈 수 있는지는 듣지를 못했다. 더구나 과거에 머물 수 있는 시간은 커피가 식을 때까지라는 짧디짧은 순간이었다. 설령 고타로가 '그날'로 돌아왔다손 치더라도 슈이치가 들른 시간인지 아닌지는 알 수 없었다. 어쩌면 두 사람이 오기 전이거나 돌아간 후일지도 몰랐다.

"슈이치!"

고타로가 소리치며 무심코 자리에서 일어나려고 하자, 나가레가 급히 고타로의 어깨를 큰 손으로 꾹 누르며 속삭였다.

"화장실에 계세요."

고타로도 쉰하나라는 나이치고 체격이 큰 편이었으나 나가레는 마치 어린아이 머리라도 쓰다듬듯이 고타로의 어깨에 가볍게 손을 올리고 있었다.

"손님이 만나러 온 분은 지금 화장실에 계세요. 곧 돌아올 테니 자리에 앉아서 기다리시는 게 좋을 겁니다."

그 말을 듣고 고타로는 마음이 조금 가라앉았다. 규칙에 따르면 자리에서 일어나는 즉시 현실로 소환되고 만다. 나가레가 없었다면 고타로는 지금쯤 현실로 되돌아갔을 것이다.

"고, 고맙네."

"네."

고타로의 인사에 나가레는 무뚝뚝한 말투로 대꾸한 후, 카운터 안으로 돌아가서 팔짱을 꼈다. 서 있는 모습이 웨이터라기보다는 성을 지키는 문지기 같았다.

가게 안에는 그 밖에 아무도 없었다.

아니, 있었다. 22년 전 그날, 고타로와 슈이치가 이 찻집에 들어왔을 땐 입구 쪽 테이블 자리에 커플 한 쌍과 카운터 자리에 한 손님이 있었다.

그리고 지금 고타로가 앉아 있는 과거로 돌아가는 자리

에는 턱시도를 입고 고상한 콧수염을 기른 초로의 신사가 앉아 있었다.

'꼭 1900년대 초에서 타임머신을 타고 온 사람 같군.'

그 신사의 모습은 이런 생각이 들 정도로 예스러운 분위기를 자아냈기 때문에 고타로의 기억에 선명하게 남아 있었다.

하지만 초로의 신사 외에 나머지 세 손님은 고타로의 지저분한 행색과 고약한 악취를 견디지 못하고 재빨리 가게를 나가 버렸다.

생각났다.

이야기를 나누던 도중 슈이치는 분명 화장실에 갔었다. 가게에 들어오자마자 이곳이 과거로 돌아갈 수 있는 신비한 찻집이라고 열변을 토한 후 고타로의 신변 이야기를 한 차례 들은 바로 그다음이었다.

고타로는 이마에 맺힌 땀을 손바닥으로 훔친 후 코로 크게 심호흡했다.

그때, 찻집 안쪽 방에서 초등학생쯤으로 보이는 소녀가 새 책가방을 메고 나왔다.

"엄마, 빨리!"

소녀는 통통 뛰어오르며 안쪽 방을 향해 씩씩하게 소리쳤다.

"좋겠네."

가게 한가운데에서 즐거운 듯이 빙글빙글 도는 소녀에게 어린 나가레가 팔짱을 낀 채 말했다.

"응!"

소녀는 생긋 빼어난 미소를 지으며 대답한 후 밖으로 뛰쳐나갔다.

딸그랑딸그랑.

고타로는 이 장면도 어렴풋이 기억하고 있었다. 당시에는 그다지 마음에 두지 않았으나, 이어서 엄마로 보이는 사람이 나오리라 예상하며 안쪽 방을 쳐다보았다.

"기다려!"

투명할 정도로 하얀 피부와 예쁜 까만색 머리의 여자가 모습을 드러냈다. 나이는 20대 후반쯤 되었을까. 연분홍빛 봄 튜닉에 베이지색 프릴 스커트를 입고 있었다.

"쟤도 참. 입학식은 내일이라고 그렇게 얘기해도 말도 안 듣고……."

여자가 볼멘소리로 말했다. 하지만 그다지 못마땅해하는 모습은 아니었다. 정확히 말하자면 흐뭇한 표정으로 한숨을 쉬고 있었다.

고타로는 여자의 얼굴을 보자 가슴이 덜컥 내려앉았다.

'엇?'

여자의 얼굴이 낯익었던 까닭이다. 과거에 오기 전 계속 이 자리에서 소설을 읽고 있던, 하얀 원피스를 입은 여자와 비슷했다.

그러나 얼굴만 닮은 다른 사람인지도 몰랐다. 사람의 기억은 불완전하다. 바로 직전까지 보고 있었는데도 고타로의 머릿속은 조금 혼란스러웠다.

"정말 괜찮으세요?"

어린 나가레가 팔짱을 풀고 실처럼 가느다란 눈을 더욱 가늘게 뜨며 여자에게 물었다. 표정에는 드러나지 않았지만, 진심으로 여자를 걱정하는 마음이 목소리 톤에서 느껴졌다.

"괜찮아. 근처에서 잠깐 벚꽃 구경만 할 건데, 뭘."

여자는 고개를 갸울이며 웃어 보였다.

대화의 내용으로 미루어 보아 여자는 컨디션이 안 좋은 모양이었으나, 고타로의 눈에 힘들어 보이지는 않았다. 아이가 기뻐한다면 다소 무리를 하더라도 끄떡없다는 사실은 하루카를 혼자 힘으로 길러 온 고타로도 이해할 수 있었다.

"그럼, 나가레 군. 잠깐 가게 부탁할게요."

여자는 나가레에게 말한 후 조용히 입구까지 걸어가서 뒤를 흘끗 돌아보더니 고타로에게도 살며시 고개 숙여 인사하고 밖으로 나갔다.

딸그랑딸그랑.

바로 그때 여자와 스치듯이 가미야 슈이치가 화장실에서 돌아왔다.

'아…….'

방금까지 여자를 생각하고 있었지만, 슈이치의 모습을 본 순간 그 일은 머릿속에서 사라져 버렸다. 본래의 목적이 떠오른 것이다.

슈이치의 모습은 고타로의 기억대로 젊고 파릇했다. 반대로 말하면 슈이치의 눈에 비치는 고타로의 모습은 놀라우리만치 늙어 보일 터였다.

"어어?"

방금까지 이야기를 나누던 고타로가 화장실에서 돌아오자 폭삭 늙어 있었으니, 슈이치는 여우에 홀린 듯한 표정으로 고타로를 쳐다보았다.

"슈이치."

고타로가 부르자 슈이치는 두 팔을 앞으로 내밀며 고타로의 말을 가로막았다.

"잠깐, 잠깐, 잠깐."

날카로운 눈초리로 고타로를 노려본 채 스톱 모션처럼 움직이지 않았다.

'큰일이군.'

고타로는 이 찻집이 과거로 돌아갈 수 있는 곳이라는 사실을 알려준 슈이치라면, 설령 자신이 늙은 모습으로 나타나더라도 상황을 즉시 파악하리라고 만만하게 생각했다.

그렇게 생각한 데는 근거가 있었다.

슈이치는 예전부터 예리한 감각의 소유자였다. 남다른 관찰력과 분석력, 그리고 판단력을 지녔다. 그 능력이 슈이치를 일류 선수로 만들어 주었다는 것을 고타로는 알고 있었다.

슈이치는 시합 전에 대결 상대의 성격과 습관을 철저히 조사해서 전부 머리에 입력했다. 경기장 내의 사령탑으로

서 상대 선수를 농락하며 트라이를 이끌어 내는 솜씨는 가히 완벽했다.

아무리 까다로운 형세에 놓여도 그의 분석과 판단은 빗나간 적이 없었다.

하지만 그런 슈이치도 이 상황은 쉽게 믿을 수 없는, 허무맹랑한 일이었던 것이다.

"슈이치, 실은······."

고타로는 양손으로 커피 잔의 온도를 확인하며 지금의 상황을 설명하기로 했다. 하지만 잔은 생각보다 미지근했다. 커피가 식기 전에 일을 마치려면 장황한 설명을 하고 있을 겨를이 없었다. 고타로의 이마에 또다시 식은땀이 맺히기 시작했다.

'그나저나 뭐부터 설명해야 하지?'

고타로는 망설였다. 전부 설명하자니 커피가 식을 것이 뻔했다. 만약 미래에서 왔다는 말을 믿어 주지 않는다면 목적을 달성하지 못한다.

'내가 잘 설명할 수 있을까? 아니, 분명 못할 거야.'

고타로는 자신이 설명에 약하다는 점을 잘 알았다. 시간이 충분하다면 그나마 나았을 것이다. 그러나 커피가 언제 식을지 모르는 데다 슈이치는 아직 의심쩍은 눈으로 고타로를 쳐다보고 있었다. 그 눈빛이 고타로를 더욱 애태웠다.

"믿어 달라고 해도 믿기 힘들 거야. 근데……."

어쨌거나 뭐라도 이야기하자는 생각으로 고타로가 말문을 열었을 때였다.

"미래에서 온 거야?"

슈이치는 대화가 통하지 않는 사람을 상대하듯 자못 진지하게 고타로에게 말을 걸었다.

"그래, 맞아!"

고타로는 슈이치의 예리함에 흥분해서 큰 소리로 대답했다.

슈이치는 이마에 주먹을 대고 무어라 중얼거리더니 질문을 이어갔다.

"몇 년 후?"

"뭐?"

"몇 년 후 미래에서 왔냐고."

슈이치는 반신반의하면서도 이 상황을 받아들이기 위해 정보를 모으고 있었다. 럭비 시합 전에도 그랬다. 필요한 정보를 하나씩 하나씩 수집하곤 했다.

'옛날과 똑같군.'

고타로는 슈이치가 묻는 말에 대답하기로 했다. 그 방법이 슈이치가 이해하는 가장 빠른 길이라고 판단했기 때문이다.

"22년 후 미래에서."

"22년이라고?"

슈이치의 눈이 휘둥그레졌다. 길거리에서 누더기를 걸치고 지내던 고타로를 봤을 때도 이렇게 놀란 표정은 짓지 않았다.

이 찻집이 과거로 돌아갈 수 있는 곳이라는 이야기를 고타로에게 들려준 사람은 슈이치였지만, 실제로 미래에서 온 사람을 만나리라고는 꿈에도 생각지 못한 눈치였다. 게다가 잠시 화장실에 가 있는 동안, 함께 있던 고타로가 스물두 살이나 나이가 들어 있었으니 놀라는 것도 무리는 아니었다.

"나이 들었네."

그렇게 중얼거리는 슈이치의 표정이 조금 부드러워졌다. 긴장이 풀렸다는 증거였다.

"으응."

고타로는 쑥스럽다는 듯이 대답했다.

쉰한 살의 지긋한 중년이 스물아홉 살 청년 앞에서 흡사 어린아이처럼 수줍어했다.

고타로에게는 자신의 인생을 구해 준 은인과의 22년 만의 재회였다.

"좋아 보이네."

그렇게 말하는 슈이치의 눈이 벌겋게 물들었다.

"어이, 어이……. 왜 그래?"

고타로는 예기치 못한 슈이치의 표정에 하마터면 자리에서 일어날 뻔했다. 나이 든 자신의 모습을 보고 슈이치가 놀라리라 예상은 했지만 설마 이런 반응을 보일 줄은 생각지도 못했던 것이다.

슈이치는 고타로가 앉아 있는 자리로 오더니 고타로의 눈을 뚫어져라 바라보며 맞은편 의자에 앉았다.

"슈이치?"

툭툭, 눈물이 떨어지는 소리가 들렸다.

고타로가 조심스레 이름을 부르자 슈이치가 떨리는 목소리로 말을 꺼냈다.

"정장 근사하네."

또다시 눈물이 툭툭 떨어지는 소리가 들려왔다.

"잘 어울린다."

슈이치 앞에 나타난 고타로는 그가 지금부터 재기를 도우려는 친구의 미래의 모습이었다. 방금 길거리에서 만난 고타로는 몸도 마음도 만신창이였다. 그렇기에 고타로의 모습을 보며 슈이치는 진심으로 기뻐했던 것이다.

"22년이라……. 힘들었지?"

"그렇지도 않아. 눈 깜짝할 사이에 지나갔어."

"그래?"

"응."

고타로의 대답에 슈이치는 여전히 눈시울을 붉힌 채 빙그레 미소를 지었다.

"다 네 덕분이야."

고타로는 그런 슈이치에게 나지막한 목소리로 고마움을 전했다.

"그래? 하하하."

슈이치는 쑥스러운 듯이 웃고는 상의에서 휴지를 꺼내 코를 풀었다. 그러나 눈물이 테이블 위로 툭툭 떨어지는 소리는 멈추지 않았다.

"그래서?"

슈이치는 '무슨 일로 온 거야?'라는 눈빛으로 고타로를 응시했다.

추궁하려는 것은 아니었다. 그러나 슈이치도 이 찻집의 규칙에 따라 두 사람의 재회에는 시간제한이 있음을 알고 있었다. 더구나 고타로가 아무런 이유도 없이 만나러 왔다고는 생각되지 않았는지, 감상에 휩쓸리지 않고 단도직입적으로 물어 오는 모습이 역시 슈이치다웠다.

하지만 고타로는 슈이치의 질문에 즉시 대답을 하지 못했다.

"왜 그래?"

슈이치의 말투는 마치 우는 아이를 달래는 것처럼 부드러웠다.

"실은……."

고타로는 천천히 잔으로 손을 뻗어 커피 온도를 확인하며 진지하게 이야기하기 시작했다.

"우리 하루카가 결혼하게 됐어."

"……뭐?"

과연 슈이치도 고타로의 말에 적잖이 놀랐는지 순간 얼굴에서 웃음기가 가셨다.

무리도 아니었다. 지금의 슈이치에게 하루카는 태어난 지 얼마 안 된 갓난아이였다.

"뭐? 뭐라고? 그게 무슨 소리야?"

"아, 진정해."

슈이치의 동요는 예상했던 바였다. 고타로는 침착한 말투로 슈이치를 진정시키고는 커피를 한 모금 마셨다. 완전히 식어 버린 온도란 어느 정도를 가리키는 건지 가늠이 안 되었지만, 적어도 아직까지는 사람의 체온보다 훨씬 따듯했다.

'아직 괜찮아.'

고타로는 커피 잔을 받침 위에 내려놓고 미리 꾸며 낸 이야기를 술술 꺼내기 시작했다. 일이 틀어지지 않도록 최선을 다해. 그렇지 않아도 예리한 슈이치에게 본인이 죽는다는 사실을 들키지 않기 위해서였다.

"실은 미래의 네가 22년 전의 너한테 하루카의 결혼식 축하 영상을 부탁하겠다지 뭐야."

"내가?"

"깜짝 선물로."

"깜짝 선물이라……."

"미래의 슈이치가 과거의 슈이치를 만나러 올 수는 없으니까……."

"……네가 대신 왔구나?"

"맞아."

고타로는 슈이치의 예리함에 감탄하며 말을 계속했다.

"그렇군."

"어때? 기발하지?"

"그래, 정말 기발한 생각이네."

"그렇지?"

고타로는 새로 산 디지털카메라를 꺼내 들었다. 22년 전에는 존재하지 않았던, 동영상도 찍을 수 있는 소형 카메라였다.

"그게 뭐야?"

"카메라."

"그렇게 작아?"

"응. 이거로 비디오도 찍을 수 있어."

"비디오도?"

"응."

"멋지네."

손에 익지 않은 카메라의 전원 버튼을 누르는 고타로의 얼굴을 슈이치는 빤히 바라보았다.

"산 지 얼마 안 됐어?"

"뭐? 아, 응."

고타로는 슈이치의 질문에 별생각 없이 대답했다.

"마무리가 허술한 점은 여전하네."

슈이치가 진지한 얼굴로 속삭였다.

"미안······. 사용법을 제대로 확인했어야 했는데······."

고타로는 귀를 빨갛게 물들이며 부끄러워했다.

"카메라 얘기가 아니야······."

슈이치가 불쑥 중얼거렸다.

"뭐?"

"아무것도 아니야."

슈이치는 그렇게 말하고 고타로의 커피 잔으로 손을 뻗었다. 이 찻집의 규칙을 알고 있는 그는 커피가 식기 전까지라는 시간제한이 신경 쓰였던 것이다.

"좋아!"

슈이치는 기세 좋게 외치더니 벌떡 일어나서 고타로에게 등을 휙 돌렸다.

"한판 승부로군."

슈이치가 각오를 다졌다.

"응, 잘 부탁해······."

커피의 온도 때문에 여러 번 찍을 시간이 없다고 생각한 고타로도 동의했다.

"찍는다."

고타로는 카메라의 녹화 버튼을 눌렀다.

"…… 넌 예전부터 거짓말이 서툴렀어."

슈이치가 중얼거렸다. 그러나 고타로는 그 말을 듣지 못한 듯 아무런 대꾸 없이 슈이치 쪽으로 계속 카메라를 들고 있었다.

"22년 후의 하루카에게. 결혼 축하한다."

슈이치는 첫마디를 꺼낸 후 고타로의 손에서 카메라를 뺏어 들더니 고타로의 손이 닿지 않는 곳까지 뒤로 휙 물러섰다.

"뭐 하는 거야?"

"움직이지 마."

고타로가 손을 뻗으려는 동시에 슈이치가 단호한 어조로 움직임을 제지했다.

그 목소리를 듣고 고타로는 순간 얼어붙었다. 얼떨결에 일어날 뻔했으나 이 찻집에서는 과거에 머무는 동안 절대로 자리에서 일어날 수 없다. 일어나면 현실로 강제 소환된다는 규칙 때문이다.

"무슨 생각이야?"

고타로가 슈이치에게 힐난조로 물었다.

고타로의 목소리가 가게 안에 울렸으나 다행히 손님은 고타로와 슈이치 두 사람뿐이었고, 카운터 안에는 나가레가 있을 따름이었다. 더구나 나가레는 고타로와 슈이치의 대화에 관심이 없는지 팔짱을 낀 채 꼼짝도 하지 않았다.

슈이치는 "휴." 하고 크게 한숨을 쉬더니 카메라를 자기 쪽으로 돌린 후 다시 입을 열었다.

"하루카에게. 결혼 축하한다."

고타로는 슈이치가 카메라를 가져간 의도를 짐작할 수 없었지만, 하루카에게 전할 메시지를 차질 없이 찍으려는 슈이치의 모습을 보고 한시름 놓았다.

"……넌 벚꽃이 만개한 날 태어났어……. 작고 새빨간 몸을 웅크리고 있는 너를 처음 안았을 때, 그 느낌은 지금도 생생하단다."

슈이치가 동영상 촬영에 협조적이라 다행이었다. 고타로는 슈이치가 메시지를 다 찍는 즉시 현실로 돌아갈 수 있도록 커피 잔을 들었다.

"나는 네 웃는 얼굴을 보기만 해도 행복했어. 잠자는 얼굴을 보기만 해도 힘이 솟았지. 너의 탄생을 나보다 기뻐한 사람은 없을 거야. 세상 그 누구보다 너를 사랑한단다. 너를 위해서라면 무슨 일이든 할 수 있어……."

계획은 순조롭게 진행되었다. 이제 카메라를 받아서 현실로 돌아가는 일만 남았다.

그뿐이라 생각했다.

"너의 행복을, 언제나……."

그렇게 말하는 슈이치의 목소리에 갑자기 오열이 섞이기 시작했다.

"……언제나, 바란다."

툭, 툭툭.

"슈이치?"

"이제 됐어……."

"뭐?"

"이제 거짓말은 됐어, 고타로……."

"거짓말? 무슨……?"

감정을 추스르기 위해 슈이치는 천장을 올려다보며 크게 한숨을 쉬었다. 슈이치의 눈가는 조금 전과 비교도 안 될 만큼 새빨개져 있었다.

"슈이치?"

슈이치는 자신의 손등을 악물었다. 고통으로 감정을 억

누르려는 것이었다.
"슈이치!"
"난……."

투둑.

"하루카의 결혼식에……."

투둑, 투둑.

"……못 가는 거지?"
슈이치가 이를 부드득 갈며 한마디씩, 한마디씩 짜내듯이 말을 이었다.

"무, 무슨 소리야? 이건 네가 생각한……."
"그, 그런 거짓말, 믿을 리가, 없잖아?"
필사적인 고타로의 변명을 슈이치가 가로막았다.
"거짓말 아니야!"
그 말을 듣고 슈이치는 벌게진 눈으로 고타로를 쳐다보며 기어들어 가는 목소리로 중얼거렸다.

"……그럼, 넌 왜 계속 울고 있는데?"
"뭐?"

투두두둑…….

고타로는 설마 싶었으나 슈이치의 말대로 고타로의 눈에서는 눈물이 주르륵 흐르고 있었다. 부랴부랴 눈가를 닦았지만, 고타로의 눈에서는 쉴 새 없이 눈물이 흘러 테이블 위로 소리를 내며 떨어졌다.
"어, 뭐지? 내가 언제부터?"
"몰랐어? 처음부터야……."
"처음?"
"그래. 내가 화장실에서 돌아왔을 때부터 넌 계속 울고 있었다고……."
고타로는 그제야 테이블 위에 자신의 눈물이 고여 있음을 깨달았다.
"이, 이건……."
"게다가……."
"?"
"넌, '우리 하루카'라고 말했잖아."

"!"

"무의식중에 그랬겠지만, 그건 네가 나 대신 하루카를 키웠기 때문이겠지……. 아니야?"

"슈이치……."

"그 말은 결국……."

"아니야……."

"솔직히 대답해 줘."

"……."

"나는……."

"자, 잠깐만."

"……죽는 건가?"

투둑, 투두두둑…….

대답 대신 고타로의 눈에서는 지금까지보다 더 많은 눈물이 쏟아졌다.

"……그렇군."

슈이치가 중얼거리자 고타로는 어린아이처럼 고개를 옆으로 획획 크게 저었지만, 더는 속이려야 속일 수가 없었다. 자신의 의지와는 상관없이 눈물이 쏟아져 내렸다.

고타로는 어깨를 크게 들썩이며 가까스로 오열을 참았다. 그러나 적어도 슈이치에게 눈물은 보이지 않으려고 입술을 꽉 깨물며 고개를 푹 숙였다.

슈이치는 입구에서 가장 가까운 자리로 휘청휘청 걸어가더니 털썩 주저앉았다.

"……언제?"

슈이치는 자신이 언제 죽는지를 묻고 있었다.

고타로는 커피를 다 마시고 미래로 돌아가고 싶었으나, 무릎 위에서 주먹을 꼭 쥔 손이 꿈쩍도 하지 않았다.

"……거짓말은, 하지 말아 줘……. 부탁이야……."

슈이치는 호소하는 눈빛으로 고타로를 바라보았다.

고타로는 슈이치에게서 눈을 돌린 후 기도하듯 양손을 모은 채 이마에 대고 한숨을 크게 내쉬었다.

"1년 후……."

"……1년, 후?"

"교통사고였어……."

"그렇군……."

"요코 씨도……."

"그, 그렇구나……. 요코마저……."

"그래서, 내가 키웠어……. 하루카……, 양을……."

인제 와서 하루카의 이름에 부자연스러운 호칭을 붙이는 고타로가 우스웠는지, 슈이치는 힘없이 웃으며 중얼거렸다.
"그렇게 된 거구나……."
"근데, 그것도……, 오늘로 끝내려고 해."
고타로의 목소리는 사그라질 듯이 점점 작아졌다.

지난 22년간, 고타로는 하루카와 쌓아 온 부녀 관계가 슈이치의 죽음에 의해 얻은 것이라는 생각을 떨쳐 낼 수 없었다. 더구나 하루카와 지내는 나날은 더없이 행복했다.

그러나 행복을 느끼면 느낄수록, '슈이치는 그렇게 됐는데 나만 행복해질 순 없어.'라는 생각도 강해졌다. 자신이 친아빠가 아니라는 사실을 하루카에게 좀 더 일찍 털어놓았다면 지금과 관계가 달라졌을지도 모르지만, 이제 소용없는 얘기였다.

하루카의 결혼을 앞두고 호적으로 들통이 날 때까지 차일피일 지내 왔다는 사실은 고타로의 죄책감에 무게를 더했다.

'난 내 행복을 잃고 싶지 않아서 진실을 숨기며 살아온 거야.'

이는 은인인 슈이치와 하루카에 대한 배신이었다.

'그런 내가 하루카의 가장 특별한 순간에 함께할 자격은 없어.'

고타로는 진실을 밝힌 다음 하루카의 눈앞에서 사라지겠노라 다짐했다.

슈이치는 카메라를 들고 천천히 일어나서 고개를 숙인 고타로의 옆으로 가더니, 카메라에 두 사람의 모습이 찍히도록 자세를 취하고는 고타로의 어깨에 팔을 둘렀다.

"너, 결혼식에 가지 않을 생각이지?"

슈이치가 고타로의 어깨를 흔들며 물었다.

슈이치는 속속들이 꿰뚫어 보고 있었다.

"……그래."

고타로가 고개를 떨군 채 대답했다.

"하루카의 아빠는 슈이치, 너야……. 그런데도, 그런데도 나는 하루카에게 친아빠인 네 얘기를 할 수가 없었어.

나는 네 도움을 받아 놓고……, 그런 생각 하면 안 되는 거 였는데……, 하루카가……, 하루카가, 내, 진짜……, 딸이 었으면, 하고……."

고타로의 말은 중간에 끊어졌다.

"생각하고 말았어……."

고타로는 두 손으로 얼굴을 감싸 쥐며 오열했다.

고타로는 줄곧 괴로워했다. '하루카가 내 친딸이었으면…….' 하는 바람은 슈이치의 존재를 부정하는 셈이 된다. 슈이치의 은혜를 생각하면 생각할수록 고타로는 그런 바람을 갖는 자신을 혐오했다.

"그래, 그랬구나……. 너는 너 나름대로 많이 괴로워했구나……."

슈이치는 코를 훌쩍이며 고타로의 귓가에 중얼거렸다.

"알았어……. 오늘로 다 끝내자."

"미안해, 미안해……."

고타로는 계속해서 사죄했다.

얼굴을 감싼 두 손 사이로 눈물이 흘러내려 테이블 위로 툭툭 떨어졌다.

"좋아!"

슈이치는 카메라를 자기 쪽으로 들었다.

"하루카, 잘 들으렴. 제안할 게 있어."

망설임 없는 쩌렁쩌렁한 목소리가 가게 전체에 울려 퍼졌다.

"오늘부터……."

슈이치는 그렇게 운을 떼더니 고타로의 어깨를 힘껏 끌어당겼다.

"네 아빠는 나와 고타로, 둘로 하자."

슈이치가 카메라를 향해 말했다.

오열로 들썩이던 고타로의 어깨가 움직임을 멈췄으나, 슈이치는 개의치 않고 말을 이었다.

"오늘부터 한 명 늘었으니 횡재했지? 어때?"

"…… 무, 무슨 소릴 하는 거야?"

고타로는 그제야 눈물로 범벅이 된 얼굴을 들고 중얼거렸다.

슈이치는 고타로를 향해 단호하게 말했다.

"넌 행복해질 자격이 있어!"

그리고 이렇게 덧붙였다.
"이제 날 신경 쓰느라 괴로워하지 않아도 된다고……."

고타로는 기억이 떠올랐다.
슈이치는 늘 그랬다. 아무리 어려움에 처해도 긍정적으로 받아들이고 앞을 향해 나아갔다. 늘, 어떤 상황에서든 앞만 바라보았다. 설령 자신의 죽음을 알고도 타인의 행복을 바랄 줄 아는 사내였다…….
"행복해져라, 고타로……."
작은 찻집 한구석에서 커다란 남자 둘이 어깨를 맞댄 채 흐느끼고 있었다.
천장의 실링 팬은 천천히, 천천히 쉬지 않고 돌아갔다.

"자자, 고개 들라고. 하루카의 결혼을 축하하는 메시지 잖아?"
먼저 눈물을 그친 슈이치가 고타로의 어깨를 붙들고 말했다.
슈이치가 부축하자 고타로는 마침내 카메라로 얼굴을 돌렸으나, 그 얼굴은 눈물로 엉망진창이었다.
"자, 웃어."

"……."

"둘이서 웃으며 하루카의 결혼을 축복해 주자고!"

고타로는 있는 힘껏 웃으려 했지만, 뜻대로 되지를 않았다.

"우하하하, 웃긴 얼굴이잖아."

그런 고타로의 얼굴을 보고 슈이치는 호쾌하게 웃고는 카메라를 고타로의 손에 쥐여 주었다.

"그 영상 하루카한테 꼭 보여줘야 된다?"

슈이치는 그렇게 말하고 자리에서 쓱 일어났다.

"미안해."

고타로는 아직 눈물을 흘렸다.

"커피, 입에 안 맞으세요?"

카운터 안에서 나가레가 불쑥 물었다. 이는 나가레 나름의 배려였다. '커피가 식는 걸 잊진 않으셨죠?' 하고 묻는 것이었다.

"앗."

슈이치가 외마디를 내뱉자, 고타로는 슈이치의 눈을 가만히 바라보며 외쳤다.

"슈이치!"

"괜찮아. 난 괜찮으니까."

슈이치에게 괜찮다는 말을 듣고도 고타로의 표정은 여전히 어두웠다.

"이봐, 허깨비가 되어서 하루카의 결혼식에 나타날 작정이야?"

슈이치는 씁쓸하게 웃으며 고타로의 어깨를 툭 두드렸다.

"미안하다."

고타로는 눈물에 젖은 얼굴로 슈이치를 바라보며 중얼댔다.

"괜찮으니까, 어서 마셔."

슈이치는 팔락팔락 손짓하며 고타로를 보냈다. 잔을 든 고타로는 커피가 너무 식어 있자 급히 들이마셨다.

"아……."

그 현기증 비슷한 감각이 또다시 고타로를 휘감았다.

"슈이……!"

고타로는 슈이치의 이름을 외치려 했으나, 기체로 변해서 상승하기 시작한 고타로의 목소리는 슈이치에게 가닿지 않은 듯했다. 그리고 주위 풍경이 출렁출렁 일그러지고 있다는 것을 깨달은 바로 그때였다.

"하루카를 부탁하마!"

희미해지는 감각 속에서 슈이치의 목소리가 고타로의 귀에 또렷이 들려왔다. 22년 전의 고타로는 그로부터 1년 후, 눈송이처럼 벚꽃잎이 휘날리는 어느 화창한 날 이와 똑같은 말을 듣게 된다.

어느새 고타로는 과거로 돌아왔을 때와 마찬가지로, 속력을 높이며 미래로 돌아가는 제트코스터와 같은 흐름 속에서 정신을 잃고 말았다.

"아저씨?"

미키의 목소리에 고타로는 눈을 떴다. 눈에 들어오는 가게의 풍경은 무엇 하나 달라진 점이 없었다. 다만, 눈앞에는 미키와 나가레, 그리고 카즈가 있었다.

'꿈이었나?'

고타로는 불현듯 손에 들린 카메라의 존재를 알아차렸다. 그리고 황급히 카메라의 재생 버튼을 눌러 보았다.

고타로가 잠시 카메라 화면을 바라보고 있는 동안 화장실에서 원피스를 입은 여자가 돌아와 고타로가 앉은 테이블 앞에 멈춰 섰다.

"비켜."

무서울 정도로 낮은 목소리였다.

"죄송합니다."

고타로는 서둘러 일어서서 원피스를 입은 여자에게 자리를 양보했다.

원피스를 입은 여자는 태연한 얼굴로 자리에 앉더니 테이블 위의 커피 잔을 쓱 밀쳐 냈다.

치우라는 뜻이었다.

여자가 밀쳐 낸 커피 잔을 미키가 휙 낚아챘다. 미키는 쟁반에 받치지 않고 두 손으로 잔을 들고는 고타로의 옆을 촐랑촐랑 지나쳐 카운터 안에 있는 나가레에게로 돌아갔다.

"아저씨 울던데, 괜찮으시답니까?"

미키가 나가레에게 커피 잔을 건네며 역시 별난 말투로 물었다. 나가레도 카메라의 화면을 바라보는 고타로가 어깨를 들썩이며 흐느끼는 것이 마음에 걸렸는지, 고타로에게 "괜찮으세요?" 하고 물었다.

"괜찮습니다."

고타로는 화면을 응시한 채 대답했다.

"다행이네요."

나가레가 그렇게 말한 후 미키를 내려다보며 "괜찮으시대." 하고 속삭이자, 카즈가 원피스를 입은 여자에게 줄 새 커피를 들고 주방에서 나왔다.

"어떠셨어요?"

카즈는 고타로에게 물어보며 예의 그 자리로 가서 테이블을 행주로 닦은 후 원피스를 입은 여자 앞에 커피를 내려놓았다.

"행복해지라는……."

고타로는 중얼거리며 천천히 시선을 그 자리로 향했다.

"말을 들었습니다."

고타로가 수줍어했다.

"그러셨군요……."

카즈는 조용히 대답했다.

화면 속에서는 슈이치가 고타로의 어깨에 팔을 두르고 "웃어, 웃어!" 하며 호탕하게 외치고 있었다.

☕

"응? 저거, 언제부터 소녀한테 하게 해 줄 거야?"

고타로가 계산대에서 정산을 하는 동안 미키가 나가레의 티셔츠 소매를 쭉쭉 잡아당겼다.

"그러니까, 그 소녀라는 말 좀 그만 쓰지 못하겠니?"

"응? 소녀도 하고 싶단 말이야."

"자기를 소녀라고 부르는 녀석한테는 안 시켜."

"그건 비겁하옵니다."

"비겁하긴 뭐가 비겁해?"

나가레와 미키의 공방이 계속되는 가운데, 고타로는 나가려던 발을 멈추고 두 사람을 쳐다보고 있던 카즈에게 말을 걸었다.

"저기……."

"네."

카즈가 대답하자 고타로는 원피스를 입은 여자에게로 시선을 돌렸다.

"저분은 그쪽 어머니셨군요……."

"네."

카즈는 고타로의 시선에 이끌리듯 원피스를 입은 여자

를 바라보며 대답했다.

'당신의 어머니는 왜 과거에서 돌아오지 않으셨나요?'

고타로는 이렇게 물어볼까 했지만, 원피스를 입은 여자를 무표정으로 바라보는 카즈에게서 더는 아무것도 묻지 말라는 분위기가 흘렀다.

과거로 돌아가기 전에 똑같은 질문을 했을 때, 죽은 남편을 만나러 갔다가 돌아오지 못했다는 사정은 들었다.

'이 아이는 나보다 더 괴로워하고 있을지도 모르겠어.'

고타로는 생각했다.

하나, 그렇다고 다른 할 말을 찾지도 못했다.

"감사했습니다……."

고타로는 그저 이 한마디만 남기고 찻집을 뒤로했다.

딸그랑딸그랑.

"22년 전이라……."

나가레가 한숨 섞인 목소리로 내뱉었다.

"네가 딱 일곱 살 때지……?"

나가레는 카운터 안에서 카나메를 쳐다보고 있는 카즈에게 물었다.

"……응."

"난 너도 행복해질 자격이 있다고 생각해……."

나가레는 혼잣말처럼 중얼거렸다.

"…… 나는."

"응? 언제부터 소녀도 할 수 있는 건데?"

무언가 얘기하려는 카즈의 말허리를 자르고 미키가 나가레의 다리에 매달리며 떼를 썼다.

카즈는 그런 미키를 보며 부드럽게 웃었다.

"……휴, 넌 정말!"

나가레는 큰 한숨을 쉬며 넌더리를 내더니, 매달린 미키를 떼어 내려고 했다.

"조금만 더 있다가!"

"조금? 그게 언젠데? 몇 시, 몇 분, 몇 초?"

"조금이 조금이지."

"그게 뭐야!"

미키는 나가레의 다리에 매달린 채 좀처럼 떨어지려 하지 않았다.

"아, 좀!"

미키가 너무 끈질기게 굴자 나가레가 야단을 치려던 때였다.

"미키도……."

카즈가 끼어들었다.

"일곱 살이 되면……."

카즈는 성큼성큼 걸어가서 미키의 눈높이에 맞춰 무릎을 꿇고 부드러운 목소리로 속삭였다.

"정말?"

미키는 카즈의 눈을 똑바로 쳐다보며 물었다.

"그럼, 정말이지."

카즈는 재빨리 대답했다. 미키는 나가레를 올려다보며 답변을 기다렸다.

나가레의 표정은 신경질적으로 보였지만, 두 손 두 발 다 들었다는 듯 큰 한숨을 내쉬고는 고개를 두어 번 끄덕였다.

"그래."

"야호!"

무척이나 기뻤는지 미키는 소리를 지르며 힘껏 뛰어오르더니 안쪽 방으로 우당탕탕 들어갔다.

"에휴-."

나가레가 중얼거리며 미키의 뒤를 쫓았다.

홀로 남은 카즈는 조용히 소설을 읽고 있는 원피스를 입은 여자를 바라보다가 불쑥 입을 열었다.

"미안해, 엄마. 난 아직……."

째깍째깍, 세 개의 괘종시계 소리가 카즈를 휘감듯 시끄럽게 울려 퍼졌다.

끝없이…….

끝없이…….

제2화

모자

"왜 장례식엔 안 오셨어요?"

"꼭 대답해야 하나요?"

쓰르르르, 방울벌레 우는 소리가 들리면 가을이 왔음을 실감한다.

그런데 이 감각은 독특하게도 일본인과 폴리네시아인 외에는 벌레 우는 소리를 단순한 잡음으로 인식한다는 얘기가 있다.

일설에 따르면 일본인과 폴리네시아인은 몽골에서 남하한 민족이라고 한다. 폴리네시아인의 언어 중 하나인 사모아어의 발음은 일본어와 매우 비슷하다. 모음은 '아이우에

오' 다섯 가지이며, 단어는 자음과 모음 또는 모음 단독으로 구성된다.

더욱이 일본어에는 의성어와 의태어가 많다.

'졸졸 흐르는 강물', '쌩쌩 부는 바람', '소복소복 내리는 눈', '쨍쨍 내리쬐는 태양' 등 정경을 연상시키는 말이다.

이러한 의성어와 의태어는 현대의 만화에서 제힘을 발휘한다. 일본 만화에는 대사 외에도, 이를테면 '쉬익', '쿵', '스르르', '싸아' 등 다양한 표현이 쓰인다.

일본의 만화는 일본인 특유의 감각을 '문자화'하여 장면의 생생함을 살린다.

그런 표현이 그대로 가사에 담긴 유명한 창가(唱歌)가 있다.

어머나 청귀뚜라미가 울고 있네
귀뚤귀뚤 귀뚜르르
어머나 방울벌레도 울기 시작했네
<u>쓰르쓰르 쓰르르르</u>

어느 날 저녁…….
도키타 미키가 이 〈벌레 소리〉를 큰 목소리로 열창하고

있었다. 오늘 학교에서 배운 노래를 아빠인 도키타 나가레에게 들려주고 싶어서 단단히 별렀는지, 시뻘겋게 달아오른 얼굴로 노래를 불렀다.

그런데 목소리가 너무 큰 데다 군데군데 음정도 틀리는 탓에, 나가레의 미간에는 깊은 주름이 잡히고 입꼬리는 한껏 아래로 처져 있었다.

가을의 긴긴밤을 울며 지새우네
아아 재미있다 벌레 소리

노래가 끝나자 박수갈채와 함께 "잘한다, 잘해!" 하고 열광해 준 사람은 기지마 쿄코였다. 쿄코는 카운터 자리에 앉아서 미키의 노래를 듣고 있었다.

"어머나 청귀뚜라미가……."

미키는 쿄코에게 칭찬받자 득의양양한 얼굴로 씩 웃고는 또다시 노래하기 시작했다.

"알았어, 알았으니까……."

그렇게 말하며 미키의 노래를 필사적으로 말린 사람은 나가레였다. 실은 이미 세 번이나 들은 터라 질릴 대로 질렸던 것이다.

"알았으니까, 일단 책가방 내려놓고 와."

나가레는 카운터 위에 올려 둔 책가방을 들어 미키에게 건넸다. 미키는 쿄코에게 칭찬을 받은 것으로 만족했는지 "네!" 하고 순순히 대답한 후 안쪽 방으로 들어갔다.

귀뚤귀뚤 귀뚜르르

노래하는 미키와 스치듯이 이 찻집의 웨이트리스 도키타 카즈가 모습을 드러내며 "가을이네요." 하고 쿄코에게 말을 건넸다.
아무래도 미키의 노랫소리가 이 계절감 없는 찻집에 가을이 찾아온 소식을 전해 준 모양이었다.

딸그랑딸그랑.

카우벨 소리를 울리며 들어온 사람은 칸다 경찰서의 노형사 만다 키요시였다.
10월 초순이면 아침저녁으로 날씨가 제법 쌀쌀하다. 키요시는 얇은 트렌치코트를 벗으며 입구에서 가장 가까운 테이블석에 자리를 잡았다.

"어서 오세요."

"커피 부탁해요."

카즈가 물을 가져다주며 인사하자 키요시가 커피를 주문했다. 카운터 안에 있던 나가레가 "알겠습니다." 하며 주방으로 들어갔다.

"카즈, 그러고 보니 며칠 전에 역 앞에서 어떤 남자랑 사이좋게 걸어가는 거 봤는데, 그 사람 누구야? 혹시 남자친구?"

나가레의 모습이 보이지 않자 쿄코가 카즈에게만 들리는 목소리로 조용히 속삭였다.

쿄코는 평소에 좀처럼 보기 힘든 카즈의 쑥스러워하는 표정을 기대했는지 눈을 반짝이며 히죽히죽 엉큼한 미소를 지었다.

그런데 웬걸, 카즈는 태연한 얼굴로 "네, 맞아요." 하고 흔쾌히 대답했다.

"뭐야! 카즈, 남자 친구 있었어?"

당황한 쿄코는 흥분한 목소리로 물으며 카운터 너머의 카즈를 추궁하듯 몸을 내밀었다.

"네, 뭐."

"언제부터……?"

"미대 다녔을 때 선배인데……."

"……그럼 벌써 사귄 지 10년 됐고, 그런 거야?"

"아, 아뇨. 사귀기 시작한 건 봄부터예요."

"올봄?"

"네."

"그랬구나."

쿄코는 카운터 의자에서 떨어지지 않을까 싶을 정도로 몸을 뒤로 젖히며 크게 한숨을 쉬었다.

그러나 이 가게 안에서 깜짝 놀란 사람은 쿄코뿐이었다. 입구 쪽 테이블 자리에 앉은 키요시는 남의 연애사에 관심이 없는지, 검은색 수첩을 꺼내 놓고 멍하니 바라보고만 있었다.

"나가레 씨, 카즈한테 남자 친구 있는 거 알았어?"

쿄코는 주방에 있는 나가레에게 큰 목소리로 물었다. 이곳은 좁은 가게였다. 큰 목소리로 물은 쿄코는 곧바로 '목소리가 너무 컸나?' 싶어 어깨를 움츠리며 카즈의 안색을 살폈다.

그러나 정작 카즈는 여전히 태연한 얼굴로 유리컵을 닦고 있었다. 카즈에게는 특별히 감출 일이 아니었다. 단지 질문을 받았으니 대답했을 따름이었다.

나가레가 아무 말이 없자 쿄코가 "응?" 하고 재차 물었다. 그러자 잠시 후 "네, 뭐, 대강."이란 대답이 돌아왔는데, 어찌 된 영문인지 카즈보다 나가레가 우물쭈물하며 부끄러워하는 눈치였다.

"진짜였구나……."

쿄코가 다시금 카즈를 물끄러미 바라보자 나가레가 주방에서 나왔다.

"그렇게 놀랄 일인가요?"

나가레는 쿄코에게 그렇게 물으며 갓 내린 커피를 키요시에게 가져다주었다. 키요시는 기분이 좋은 듯 생글 웃으며 커피 잔 위로 천천히 숨을 들이마셨다. 그 모습을 보고 있던 나가레의 눈이 초승달처럼 구부러졌다.

나가레는 자신이 이 찻집에서 제공하는 음식에 유별난 고집을 부렸다. 키요시의 웃는 얼굴은 그 고집에 대한 칭찬이었다. 나가레는 만족스러운 듯이 가슴을 펴고 카운터 안으로 돌아갔다.

쿄코는 그런 나가레의 만족감은 전혀 깨닫지 못한 채 말을 이었다.

"아니, 카즈한테는 왠지 연애 같은 거 관심 없다는 분위기가 있잖아?"

"그런가요?"

나가레는 가느다란 눈을 더욱 가늘게 뜨고 건성건성 대답한 후 콧노래를 흥얼거리며 은쟁반을 닦기 시작했다. 카즈의 남자 친구 얘기보다 키요시의 미소가 나가레에게는 더 중요했다.

"그날 뭐 하고 있었어?"

쿄코는 나가레를 곁눈질하며 카즈에게 물었다.

"선물을 고르고 있었어요."

"선물?"

"남자 친구의 어머니가 생신이라기에……."

"아아, 그랬구나."

그러고 나서 한동안 쿄코는 카즈의 남자 친구에 관해 시시콜콜 캐물었다. 처음 만났을 때 인상은 어땠는지, 고백은 어떻게 받았는지, 묻는 족족 카즈가 대답하니 쿄코의 질문은 끝이지 않았다.

그중에서도 쿄코가 가장 흥미를 보인 내용은 카즈가 그 남자 친구에게 정식으로 고백을 받은 횟수가 한 번이 아니라 무려 세 번이나 된다는 점이었다. 첫 번째는 만난 지 얼마 되지 않았을 무렵, 두 번째는 3년 후, 마지막은 올봄이었다.

카즈는 쿄코의 질문에 바로바로 대답했으나, 과거에 두 번이나 거절해 놓고 세 번째 고백을 받았을 때 교제하기로 마음을 먹은 이유에 대해서는 "모르겠어요." 하고 얼버무렸다.

궁금증을 실컷 해결한 다음, 쿄코는 흐뭇한 표정으로 턱을 괴고 나가레에게 커피를 추가로 부탁했다.

"이 녀석한테 남자 친구가 있는 게 그리도 기쁘세요?"
나가레는 커피를 새로 채우며 쿄코에게 물었다.
"우리 엄마가 입버릇처럼 말했거든. 카즈가 빨리 결혼해서 행복해졌으면 좋겠다고……."
쿄코가 생긋이 미소를 지으며 대답했다.
쿄코의 엄마는, 암 투병 끝에 한 달 전 세상을 떠난 키누요였다.

키누요는 카즈가 어렸을 때부터 다니던 미술 교실의 교사였다. 나가레가 내리는 커피를 좋아해서 근처 종합 병원에 입원하기 전까지 틈만 나면 이곳에 드나들던 단골이기도 했다. 다시 말해 카즈와 나가레와도 인연이 깊은 사이였다.

"그렇군요……."

나가레가 눈을 가늘게 뜨며 조용히 중얼거렸다. 카즈는 아무 말도 하지 않았으나 유리컵을 닦던 손은 이내 멈춰 있었다.

"어머, 나도 참. 미안해. 딱히 엄마가 미련을 뒀다는 뜻은 아니니까 오해하지 마."

괜히 분위기를 무겁게 했다고 생각했는지 쿄코는 서둘러 말을 덧붙였다.

"아니에요. 감사합니다."

카즈도 쿄코가 그런 뜻으로 말한 것이 아님을 잘 아는 터라, 평소에는 보기 드문 살가운 미소로 대답했다.

쿄코는 분위기가 서먹해지긴 했지만 키누요의 마음을 카즈에게 전한 것이 만족스러웠는지, 작은 목소리로 "응." 하고 대답하며 기분 좋게 고개를 끄덕였다.

"저기……."

키요시가 세 사람의 대화에 끼어들었다.

그때까지 조용히 커피를 마시고 있던 키요시는 대화가 일단락되기만을 기다렸던 게 분명했다. 그 증거로 "좀 여쭙고 싶은 게 있는데요……."라고 말하는 표정이 상당히 미안해 보였다.

누구한테 무엇을 물어보려는 건지 알 수 없었지만, 쿄코는 곧바로 "네?" 하고 물었고, 나가레는 "뭔가요?" 하고 반응했다. 카즈는 대꾸하지 않았으나 시선만은 키요시를 향했다.

"실은 아내 생일에 뭘 선물하면 좋을까 고민하던 차였는데……."

키요시는 낡은 모자를 벗어 백발에 가까운 머리를 긁적이며 조금 멋쩍다는 듯이 중얼거렸다.

"사모님께 말인가요?"

"예."

나가레의 질문에 키요시는 고개를 숙인 채 대답했다. 키요시는 카즈가 남자 친구 어머니의 선물을 골랐다는 얘기를 듣고 본인도 참고해야겠다고 생각한 모양이었다.

"오옷!" 하고 놀리는 쿄코와는 달리, 카즈는 아주 진지한 얼굴로 물었다.

"작년에는 어떤 선물을 하셨나요?"

"부끄러운 얘깁니다만, 생일에 선물 같은 걸 준 적이 없습니다. 그래서 뭘 해야 할지 몰라서……."

키요시는 또다시 백발의 머리를 긁적이며 소심하게 대답했다.

"네? 지금까지 한 번도 선물한 적이 없다고요? 근데 갑자기 무슨 바람이 불어서?"

쿄코가 눈을 동그랗게 뜨고 물었다.

"아, 특별한 이유는 없지만……."

키요시가 대답하며 다 마신 커피 잔으로 손을 뻗었다. 쿄코의 눈에는 키요시가 쑥스러워하는 모습이 빤히 들여다보였는지, 무심코 '귀여우시네요.'라는 말이 튀어나올 뻔한 것을 간신히 참았다.

팔짱을 낀 채 가만히 이야기를 듣고 있다가 "그렇군요."라고 중얼거린 나가레가 갑자기 벌게진 얼굴로 콧김을 거칠게 뿜으며 답을 내놓았다.

"무슨 선물이든 좋아하실 것 같습니다."

"그런 대답이 가장 곤란하다고."

쿄코가 곧바로 핀잔을 주자, 나가레는 "죄송합니다." 하고 어깨를 축 늘어뜨렸다.

"목걸이는 어떠세요?"

플라스크를 든 카즈가 키요시의 잔에 커피를 더 채우며 물었다.

"목걸이요?"

"그렇게 거창하지도 않고……."

카즈는 자신의 목걸이를 들어서 키요시에게 보여 주었다. 손으로 콕 집어서 들지 않으면 눈에 띄지 않을 정도로 가느다란 체인 목걸이였다.

"어디, 어디? 어머, 괜찮네. 여자는 아무리 나이가 들어도 이런 거에 약하다니까."

쿄코가 카즈의 목을 바라보며 고개를 크게 끄덕였다.

"그런데 카즈 씨 올해 나이가 몇이었죠?"

"스물아홉입니다."

"스물아홉이라……."

키요시는 생각에 잠긴 듯 고개를 숙였다.

"왜요? 나이를 신경 쓰시는 거예요? 괜찮아요. 중요한 건 마음이니까. 아내분이 좋아하실 거예요."

쿄코가 키요시의 표정을 보며 격려했다.

키요시의 표정이 확 밝아졌다.

"알겠습니다. 감사합니다."

"힘내세요!"

쿄코는 키요시처럼 어수룩한 노형사가 아내 생일에 선물을 준비할 줄은 생각도 못 했는지, 놀라움과 감탄, 그리고 무엇보다 응원하고 싶은 마음으로 가슴이 벅찼다.

"네."

그렇게 대답한 키요시는 낡은 헌팅캡을 고쳐 쓰고 커피 잔으로 손을 뻗었다.

카즈도 다정하게 미소를 지었다.

어머나 사자가 울고 있네
으르렁으르렁 으르렁렁

안쪽 방에서 미키의 목소리가 흘러나왔다.
"저런 가사도 있었나?"
쿄코가 팔짱을 끼며 눈동자를 굴렸다.
"유행이라나 봐요."
나가레가 대답했다.
"가사 바꿔서 부르는 게?"
"네."
"그러고 보니 애들은 걸핏하면 가사를 바꿔 부르더라. 요스케도 미키 또래였을 때 아무 데서나 이상한 가사로 부르는 통에 얼마나 창피했는지 몰라."

쿄코는 그립다는 듯이 미소를 지으며 미키가 있는 안쪽 방으로 시선을 던졌다.

"그나저나 요즘에는 요스케가 같이 안 오네요?"

나가레가 화제를 돌렸다.

요스케는 쿄코의 아들로, 초등학교 4학년이 된 축구 소년이었다. 키누요가 입원했을 때 나가레가 내린 커피를 가져다주기 위해 쿄코와 자주 들르곤 했다.

"응?"

"요스케 말이에요."

나가레의 갑작스러운 질문에 쿄코는 "아, 으응." 하고 중얼거렸다.

"요스케는 항상 할머니한테 부탁받고 여기에 온 거였으니까……."

쿄코는 그렇게 대답하며 눈앞의 컵으로 손을 뻗어 물을 마셨다.

요스케가 찻집에 오지 않게 된 것은 쿄코의 모친인 키누요가 세상을 떠난 직후부터였다.

키누요는 반년간 투병 생활을 하다가 마지막에는 나가레가 내린 커피로 목을 축인 후 잠이 든 듯 조용히 숨을 거뒀다.

아직 커피를 못 마시는 초등학생 요스케는 입원한 키누

요에게 나가레의 커피를 배달하기 위해 이 찻집에 들락거렸다. 그런데 키누요가 세상을 떠났으니 요스케는 이곳에 올 이유가 없어진 것이다.

입원 후 반년이 지난 여름의 끝자락, 쿄코는 마음의 준비를 하고 있다는 말은 했었지만, 아직 어머니가 죽은 지 한 달밖에 안 된 시점이었다. 쓸쓸한 표정은 감출 수가 없었다.

"······죄송합니다."

나가레는 요스케가 오지 않게 된 이유와 키누요의 죽음이 직결되어 있다는 사실을 눈치채지 못하고 경솔하게 말을 꺼낸 데 후회하며 머리를 살며시 숙였다.

그때였다.

어머나 꼬꼬닭도 울기 시작했네
꼬끼오꼬끼오 꼬꼬휘리리

안쪽 방에서 미키의 씩씩한 노랫소리가 들려왔다.

"픞."

미키의 노래를 듣고 쿄코가 무심결에 웃음을 터뜨렸다. 자기 때문에 침울해진 분위기가 금세 바뀌어 다행이라고 생각했는지도 모른다.

"닭이랑 휘파람새가 섞였는데?"

쿄코는 큰 소리로 하하하 웃으며 나가레의 얼굴을 바라보았다.

"이상한 가사로 부르지 말라니까……."

나가레도 똑같은 생각을 했는지 한숨을 크게 내쉬며 안쪽 방으로 들어갔다.

"귀엽네, 미키."

쿄코는 안쪽 방을 향해 혼잣말했다.

"잘 마셨습니다."

분위기가 전환된 틈을 타 키요시가 전표를 들고 일어서서 계산대 앞에 섰다.

"오늘 귀중한 조언을 해 주셔서 감사했습니다."

키요시는 동전 지갑에서 커피값을 꺼내 코인 트레이에 올려놓고 공손히 머리를 숙인 후 밖으로 나갔다.

딸그랑딸그랑.

가게 안에는 쿄코와 카즈 둘만 남았다.

"유키오 씨는 어떻게 지내세요?"

카즈는 커피값을 집어 들고 덜컹덜컹 금전등록기를 두드리며 조용히 물었다.

유키오는 도예가가 되기 위해 지금은 교토에 내려가 있는 쿄코의 남동생이다. 쿄코는 카즈의 입에서 유키오의 이름이 나올 줄은 상상도 못 했는지, 순간 깜짝 놀라서 눈을 동그랗게 뜨고 카즈의 눈을 쳐다보았다. 그러나 카즈는 여느 때처럼 태연한 얼굴로 쿄코의 빈 유리컵에 물을 따랐다.

'모르는 게 없네.'

쿄코는 체념한 듯이 나지막이 한숨을 쉬었다.

"유키오한테는 입원한 걸 비밀로 했었어. 엄마가 말 못 하게 했으니까……."

쿄코는 그렇게 말하며 유리컵을 몇 센티미터 들어 올렸으나, 입에는 대지 않고 천천히 흔들기 시작했다.

"유키오는 그래서 화가 난 게 아닐까? 장례식에도 나타나지 않았잖아."

쿄코의 시선은 유리컵을 기울여도 수평을 유지하는 수면에 고정되어 있었다.

"휴대폰 연결도 끊어졌고……."

사실, 유키오와는 연락이 완전히 두절된 상태였다. 아무리 전화해도 "지금 거신 번호는 없는 번호입니다."라는 해지 안내 음성이 나왔다. 유키오가 일하던 도예 공방에도 연락해 봤지만, 며칠 전에 그만둬서 소식을 아는 사람이 없다고 했다.

"지금 어디서 뭘 하고 있는지도 모르겠어……."

쿄코는 유키오에게 키누요의 입원 소식을 알리지 않은 일로 '만약 내가 똑같은 입장이었다면, 화가 나서 이성을 잃고 무슨 짓을 저지를지 몰라.'라는 생각에 최근 한 달간 잠을 이루지 못했다.

이 찻집은 '과거로 돌아갈 수 있다.'라는 소문이 있다. 물론 쿄코도 과거로 돌아가고 싶다면서 찾아오는 손님을 본 적은 있지만, 설마 자신에게 과거로 돌아가서 되돌리고 싶을 만한 사건이 생길 줄은 꿈에도 생각지 못했다.

그러나 그뿐이었다. 되돌리고 싶다는 생각은 간절했지만, 실제로는 불가능하다는 사실도 쿄코는 누구보다 잘 알고 있었다.

왜냐하면, 쿄코가 과거로 떠난들 거스를 수 없는 규칙이 있기 때문이었다.

'과거로 돌아가서 어떠한 노력을 할지언정 현실은 바뀌지 않는다.'

만약 키누요가 입원한 날로 돌아가서 유키오에게 편지를 쓴다 해도, 이 규칙이 작용하는 한 편지는 유키오에게 전해지지 않는다. 가령 전해진다고 하더라도 무언가 사정이 생겨 유키오의 눈에 띄지 않게 되고, 그 결과 입원 사실을 모르고 있다가 키누요의 부고 소식을 접한 유키오는 장례식에 모습을 비추지 않는다. 그러한 규칙이기 때문이다. 즉, 쿄코가 과거로 돌아간들 현실은 바꿀 수 없다. 그렇다면 과거로 돌아가는 행위도 무의미한 셈이다.

"유키오한테 걱정 끼치기 싫었던 엄마의 마음은 나도 잘 알아……."

그러나 그 마음이 두 사람 사이에 낀 쿄코를 괴롭히는 결과를 낳았다.

"그래도……."

쿄코는 두 손으로 얼굴을 감싼 채 어깨를 떨었다. 카즈는 일손을 멈추지는 않았으나, 그렇다고 쿄코에게 말을 건네는 것도 아니었다. 그저 시간만이 조용히 흘렀다.

어머나 아빠가 찾아와서
뽕뽕뽕뽕 방귀벌레
가을의 긴긴밤을 울며 지새우네
아아 재미있다 벌레 소리

안쪽 방에서 흘러나오는 미키의 노래는 우스꽝스러운 가사로 바뀌어 있었지만, 가게에 또다시 쿄코의 웃음소리가 울리는 일은 없었다.

☕

그날 밤……

가게 안에는 카즈 혼자, 아니 정확히 말하면 하얀 원피스를 입은 여자와 둘이 있었다.

카즈는 뒷정리를 했고 원피스를 입은 여자는 여느 때처럼 조용히 소설책을 읽고 있었다. 슬슬 책이 끝날 때가 됐는지 왼손으로 누르고 있는 페이지가 얼마 남지 않아 보였다.

카즈는 폐점 후의 이 시간을 좋아했다. 특별히 뒷정리나 청소를 좋아하는 것은 아니었다. 그저 아무 생각 없이 묵묵히 일하는 것이 좋았다.

그림을 그리는 일도 마찬가지였다. 카즈는 눈에 보이는 사물을 연필 하나로 실물 사진처럼 묘사하는 재주가 있어서, 극사실주의(하이퍼리얼리즘) 기법을 선호했다. 실제로 본 것이 아닌 상상이나, 존재하지 않는 가공의 것을 그리는 일은 없었다.

그림에 카즈 개인의 감정은 조금도 섞이지 않았다. 단지 눈으로 본 것을 아무 생각 없이 캔버스에 옮겨 그리는 일이 좋았다.

탁.

원피스를 입은 여자가 다 읽은 소설책을 덮는 소리가 고요한 가게 안에 울렸다.

여자는 소설을 테이블 한편에 두고 커피 잔으로 손을 뻗었다. 그 모습을 본 카즈는 카운터 밑에서 소설책 한 권을 꺼내 여자에게 걸어갔다.

"이건 어쩌면 취향에 안 맞을지도 모르지만……."

카즈는 여자 앞에 소설을 한 권 내밀고 테이블 위에 놓인 책을 치웠다.

아마도 지금까지 여러 번 되풀이했던 일인지 그 동작 자체는 익숙해 보였다. 그러나 카즈의 표정은 평소처럼 서늘하지 않았다.

사랑하는 사람이 기뻐했으면 하는 바람으로 정성껏 고른 선물을 건네기 직전의 표정이었다.

상대방이 기뻐하는 얼굴을 보고 싶다.

이는 선물을 주는 사람에게 아주 자연스러운 감정이다. 상대방의 반응을 상상하며 선물을 고르고 있노라면 눈 깜짝할 사이에 시간이 지나가 버린다.

원피스를 입은 여자가 책을 읽는 속도는 그리 빠르지 않았다. 하루 종일 책만 읽는데도 이틀에 한 권을 끝내는 정도였다.

원피스를 입은 여자를 위해 카즈는 일주일에 한 번 도서관에 가서 소설책을 빌려 왔다. 비록 선물은 아니었지만, 여자에게 책을 전해 주는 행위가 카즈에게 단순한 '일'은 아니었다.

수년 전까지 원피스를 입은 여자는 《연인》이라는 제목의 소설을 읽고 또 읽었다. 카즈가 지금처럼 소설을 전해 주게 된 것은, 미키가 "똑같은 책만 읽으면 질리지 않을까?" 하며 원피스를 입은 여자에게 자신의 그림책을 내미는 모습을 본 이후부터였다.

'내가 고른 책으로 기뻐해 주기만 한다면……'

그러나 여자는 그런 카즈의 마음도 모른 채 앞에 놓인 책으로 손을 뻗더니 묵묵히 첫 페이지로 시선을 옮겼다.
"……"
모래시계의 모래가 소리 없이 빠져나가듯, 카즈의 표정에서 '기대'라는 감정이 사라져 갔다.

딸그랑딸그랑.

폐점 시간이 지나 'closed' 간판을 내걸었을 텐데도 카우벨이 울렸다. 그러나 카즈는 '이런 시간에 누구지?'라는 생각은 하지 않았다. 당황하는 기색도 없이 천천히 입구를 바라보며 카운터 안으로 돌아왔다.

들어온 사람은 30대 후반쯤 된 거무스름한 얼굴의 남자였다. 검은색 브이넥 셔츠에 짙은 갈색 재킷, 같은 색 바지에 검은색 구두 차림으로 들어와서는 멀거니 가게 안을 둘러보았다. 그 표정에는 생기가 전혀 없었다.

"어서 오세요."

"영업 끝났죠?"

카즈가 인사하자 남자가 가느다란 목소리로 물었다. 폐점한 줄 모르고 들어온 건 아닌 모양이었다.

"괜찮습니다."

카즈는 대답하며 카운터 자리에 앉으라고 손짓했다. 남자는 안내에 따라 카운터석에 자리를 잡았으나, 피곤한지 동작 하나하나가 슬로 모션처럼 더뎠다.

"뭐, 드시겠어요?"

"아, 아뇨."

폐점 후에 찾아와서 아무것도 주문하지 않는 손님이 있으면, 다른 점원 같으면 당황했을 것이다.

"알겠습니다."

카즈는 흔쾌히 대답했지만, 남자의 대답을 흘려듣고는 조용히 물컵을 내밀었다.

"······아."

남자는 자신의 이상한 언동을 깨달은 듯 짧은 탄식과 함께 서둘러 말했다.

"죄, 죄송해요. 커피 부탁드립니다."

"알겠습니다."

카즈는 눈을 내리뜬 채 대답하고 주방으로 들어갔다.

남자는 카즈가 사라지자 크게 한숨을 내쉬고 세피아빛으로 물든 가게 안을 둘러보기 시작했다. 조도가 낮은 펜던트 조명, 천장에서 천천히 돌아가는 실링 팬. 시간이 제각기 다른 커다란 괘종시계 세 개, 그리고 가게 한편에서 소설을 읽는 하얀 원피스를 입은 여자.

"저기……, 저분이 유령이라는 말이 사실인가요?"

남자는 카즈가 돌아오기가 무섭게 질문을 던졌다.

"네."

얼토당토않은 질문을 하는 남자도 남자지만, 선뜻 대답하는 카즈도 보통이 아니었다. 그러나 이 찻집의 소문을 듣고 흥미롭다는 이유만으로 찾아오는 손님은 많았다. 카즈에게는 자주 겪는 일이다 보니 인사나 다름없는 감각이었다.

"그렇군요."

남자는 싱겁게 대답했고 카즈는 남자의 앞에서 커피 내릴 준비를 시작했다.

카즈는 평소에 사이펀으로 커피를 내렸다. 사이펀은 아래쪽 플라스크에서 끓은 물이 뽀그르르 소리를 내며 깔때기로 올라가 커피를 추출하는 방식이 특징이다. 카즈는 이 광경을 바라보는 것이 좋았다.

그런데 오늘따라 사이펀이 아니라 커피 드리퍼 한 세트를 들고 주방에서 나왔다. 커피 밀까지 가지고 나온 것을 보면 원두도 갈려는 모양이었다.

드리퍼로 내리는 방식은 이 찻집의 주인 나가레의 주특기였다. 드리퍼에 필터를 끼우고 갈린 원두를 뜨거운 물에 천천히 적셔 커피를 조금씩 추출한다. 평상시 카즈는 귀찮다며 드리퍼로 커피를 내리지 않았다.

카즈가 조용히 원두를 갈기 시작했다. 대화는 없었다. 남자는 카즈가 아무 말도 하지 않자 어색하게 머리를 조금씩 긁적일 뿐이었다. 먼저 나서서 말을 건네는 활발한 성격은 아닌 듯했다.

잠시 후 진한 커피 향이 감돌았다.

"오래 기다리셨습니다."

카즈가 김이 몽실몽실 올라오는 커피를 남자 앞으로 내밀었다.

"……."

남자는 말없이 커피 잔을 바라본 채 잠시 스톱 모션처럼 움직이지 않았다. 카즈는 익숙한 손놀림으로 주변 도구를 정리했다.

정적이 감도는 가게 안에서 원피스를 입은 여자가 책장을 넘기는 소리만이 들려왔다.

잠시 후 남자가 커피 잔으로 손을 뻗었다. 커피를 좋아하는 손님이라면 이쯤에서 코를 갖다 대고 향을 만끽했을 테지만, 남자는 표정 변화 없이 무신경하게 커피를 홀짝 들이켰다.

"······이건."

지금까지 별다른 표정 변화가 없었던 남자가 자신이 주문한 커피의 산미에 깜짝 놀랐는지 눈살을 찌푸리고 신음하듯 중얼댔다.

남자가 마신 커피의 종류는 모카로, 좋은 향과 강한 산미가 특징이다. 그 맛에 푹 빠진 나가레의 고집으로 이 가게에서는 모카만 취급했다. 그러나 모카나 킬리만자로 하나로만 내린 커피의 맛은 개성이 강해서, 평소에 커피를 즐겨 마시지 않는 손님이라면 이 남자처럼 당황하기 일쑤였다.

커피의 이름은 대개 산지에서 유래한다. 모카는 과거 예멘의 모카 항구에서 출하된 예멘산 원두와 에티오피아산 원두를 말하고, 킬리만자로는 탄자니아산 원두를 가리킨다. 나가레는 주로 에티오피아산 원두를 사용했는데, 그 강한 산미를 좋아하는 사람도 있었다.

"키누요 선생님께서 좋아하셨던 모카 하라입니다."

카즈가 말하자 남자는 "네?" 하며 굳은 표정으로 카즈를 쳐다보았다.

물론, 이 커피의 이름에 놀란 것이 아니었다. 자신이 누군지 밝히지도 않았는데 처음 보는 점원이 키누요의 이름을 꺼내자 놀란 것이다.

남자의 이름은 미타 유키오. 도예가를 꿈꾸는 키누요의 아들이자 쿄코의 남동생이었다.

키누요는 옛날부터 이 찻집의 단골손님이었으나, 유키오는 여태껏 한 번도 온 적이 없었다. 차로 15분 거리에 사는 쿄코도 자주 얼굴을 내밀게 된 것은 키누요가 입원하고 이곳 커피를 사러 오면서부터였다.

유키오는 미심쩍은 표정으로 카즈를 노려보았지만, 카즈는 그런 유키오의 시선에 개의치 않고 마치 '기다리고 있었습니다.'라는 듯 엷은 미소를 지었다.

"어떻게……."

유키오가 중얼거리고는 머리를 긁적이며 물었다.

"……제가 그분의 아들인 걸 알았나요?"

딱히 자신의 정체를 숨기려던 것은 아니었지만, 신경이 쓰인 눈치였다.

"얼굴이 닮아서요……."

카즈는 커피 밀을 닦으며 대답했다.

유키오는 당황한 듯 자신의 얼굴을 쓰다듬었다. 그런 이야기는 처음 들었는지 아직도 이해가 안 된다는 표정이었다.

"우연이겠지만, 낮에 쿄코 씨도 오셔서 손님 이야기를 했거든요. 그래서 감이라고 해야 할까요, 혹시나 해서……."

"그랬군요……."

카즈의 설명을 들은 유키오가 순간 시선을 딴 데로 돌리더니 "미타 유키오입니다." 하고 자신의 이름을 밝히며 고개 숙여 인사했다.

"도키타 카즈입니다."

카즈도 가볍게 고개를 숙이며 자신을 소개했다.

"그쪽 이름은 어머니한테 편지로 들은 적이 있습니다.

이 찻집에 대한 소문도……."

유키오는 카즈의 이름을 듣고 이렇게 중얼거리면서 원피스를 입은 여자에게로 눈길을 돌렸다.

"부탁합니다. 저를 과거로, 어머니가 살아 있었던 시간으로 돌아가게 해 주세요."

유키오는 침을 꿀꺽 삼키고 카운터석에서 일어나서는 머리를 살며시 숙였다.

유키오는 어렸을 때부터 착실하고 한 가지를 끈기 있게 할 줄 아는 아이였다. 할 일이 주어지면 누가 지켜보든 아니든 내팽개치는 경우가 없었다. 예를 들어 초등학교 청소 시간에는 다들 농땡이를 부리더라도 혼자서 묵묵히 청소를 했다.

성격은 온화하고 누구에게나 다정했다. 초, 중, 고등학교까지 반에서 줄곧 얌전한 무리에 속해서 눈에 띄는 학생이 아니었다. 그야말로 평범한 소년이었다.

그런 유키오에게 고등학교 수학여행 때 전환점이 찾아왔다.

수학여행지인 교토에서 전통 공예를 체험하는 프로그램이 있었는데, 유키오는 도예, 부채, 도장, 대나무 세공 중에서 도예를 선택했다. 물레를 처음 돌려 보는데도 유키오의 작품은 다른 학생이 만든 것과 비교하면 단연 돋보일 만큼 형태가 잡혀 있었다. 체험 교실 선생님에게 "처음부터 이렇게 예쁘게 만든 학생은 본 적이 없어. 재능이 있네."라는 말까지 들었다. 유키오에게는 여태껏 들어본 적 없는 칭찬이었다.

유키오는 이 수학여행의 체험으로 어렴풋하게나마 도예가가 되고 싶다는 꿈을 품기 시작했다.

그러나 구체적으로 어떻게 하면 도예가가 될 수 있는지는 감감했다. 수학여행에서 돌아온 후 고민하는 나날이 이어졌다.

그러던 어느 날, TV에서 가쓰라 야마기시라는 도예가가 "도예가가 된 지 40년이 흐른 지금에서야 드디어 납득할 만한 물건이 완성됐다."라며 작품을 소개하는 장면이 나오자 유키오는 충격을 받았다.

지극히 평범한 인생에 불만을 품었던 것은 아니었지만, 마음 한구석에서 '평생을 바칠 만한 가치 있는 일을 찾고 싶다.'라는 생각이 있었기 때문이다. 가쓰라 야마기시는 유키오가 꿈꾸는 동경의 대상이 되었다.

도예가가 되는 방법은 미술 대학이나 전문학교에 진학해서 배우는 길과 도예가의 문하에서 일하면서 배우는 길, 크게 두 가지로 나뉘었다.

유키오는 전문학교에 진학하는 대신 교토에서 가쓰라 야마기시의 제자로 일하고 싶었다.

"일류가 되려면 일류를 접해야 한다."

TV에서 가쓰라 야마기시가 했던 이 말이 마음에 들었던 까닭이다.

그러나 아버지 세이치에게 도예가가 되고 싶다고 털어놓으니 "수천, 수만 명이 도예가가 되기 위해 뛰어들지만, 입에 풀칠하고 사는 사람은 재능 있는 극소수뿐이야. 너한테 그런 재능이 있어 보이진 않는다."라며 반대에 부딪혔다.

그런데도 유키오는 포기하지 않았다. 하지만 대학이나 전문학교에 진학하려면 학비 문제로 가족에게 경제적인 부담을 끼칠 터였다. 유키오는 자신의 고집 때문에 가족에게 짐을 주고 싶지 않아 도예가의 문하에서 일하며 꿈을 이루기로 했다. 반대했던 세이치는 결국 키누요의 설득에 넘어갔고, 유키오는 고등학교를 졸업하자마자 교토로 내려가게 되었다.

유키오가 선택한 도예 공방은 물론 가쓰라 야마기시가 있는 곳이었다.

교토로 떠나는 날, 키누요와 쿄코가 신칸센 플랫폼까지 배웅을 나왔다.

키누요는 "얼마 안 되지만……." 하고 말을 꺼내면서 유키오에게 자신의 인감과 통장을 슬쩍 내밀었다. 유키오는 그 돈이 키누요가 "언젠가 네 아버지랑 해외여행을 가고 싶다."라며 차곡차곡 모아 온 것임을 알고 있었다.

유키오는 그 돈은 못 받는다고 거절했으나 키누요는 가져가도 된다며 물러서지 않았다. 신칸센의 발차를 알리는 벨이 울리자 유키오는 하는 수 없이 인감과 통장을 받아들고 인사한 뒤 교토로 떠났다.

그 후 쿄코가 "엄마, 슬슬 가자."라고 재촉했지만, 키누요는 한동안 플랫폼에 서서 신칸센이 떠난 자리를 바라보았다.

"과거로 돌아가서 어떠한 노력을 하더라도 현실은 바꿀 수 없어요."

카즈는 여느 때처럼 덤덤하게 규칙을 설명하기 시작했다. 특히 만나려는 상대가 고인일 경우 이 규칙은 반드시 알려야 한다.

사별.

그것은 갑자기 찾아온다. 입원 사실을 모르고 있던 유키오에게 키누요와의 이별은 그야말로 갑작스러운 사건이었다. 그러나 유키오는 이 규칙을 알고 있는지 표정에 아무런 변화가 없었다.
"알고 있습니다."

키누요의 암이 발견된 것은 올해 봄이었다. 그때는 이미 말기 상태라 살날이 6개월 남았다는 선고를 받았다. 의사는 쿄코에게 석 달만 일찍 발견했더라면 어떻게든 조치할 수 있었을지도 모른다고 말했다.

그러나 현실은 바뀌지 않는다는 규칙이 있는 한, 설령 과거로 돌아가서 일찍 발견되도록 노력한들 키누요가 죽는다는 사실은 달라지지 않는다.

"이 찻집의 규칙을 간단히 설명해 드릴까요?"

카즈는 유키오가 키누요에게 이야기를 들어서 어느 정도 알고 있으려니 생각하면서도 그렇게 물었다.

"부탁할게요."

유키오는 잠시 생각하다가 나직한 목소리로 대답했다.

카즈는 일손을 멈추고 규칙을 설명하기 시작했다.

"우선 첫 번째 규칙입니다. 과거로 돌아가도 이 찻집을 방문한 적이 없는 사람은 만날 수 없습니다."

"알겠습니다."

유키오는 카즈의 말이 끝나자마자 대답했다.

만약 한 번밖에 온 적이 없다거나 얼굴을 비췄다가 금방 돌아간 사람이라면 만날 확률은 낮아진다. 하지만 키누요처럼 단골손님일 경우 만날 확률은 매우 높다. 카즈는 유키오가 만나려는 상대가 키누요인 만큼, 더 이상의 설명은 필요 없다고 판단하여 다음 규칙으로 넘어갔다.

"두 번째 규칙은 조금 전에도 말씀드렸습니다. 과거로

돌아가서 어떠한 노력을 하더라도 현실은 바꿀 수가 없습니다."

"알겠습니다."

이 규칙에 관해서도 유키오는 별다른 질문 없이 순순히 받아들였다.

"세 번째 규칙입니다. 과거로 돌아가려면 저분이 앉아 있는 저 자리에 앉아야 하는데……."

카즈는 그렇게 말하며 원피스를 입은 여자를 바라보았다. 유키오도 카즈를 따라 시선을 옮겼.

"앉을 기회는 저분이 자리를 비우고 화장실에 갔을 때뿐입니다."

"그게 언제인가요?"

"모릅니다……. 그렇지만 하루에 한 번은 꼭 화장실에 가니……."

"기다리면 된다는 거죠?"

"맞아요."

"알겠습니다."

카즈의 설명에 유키오는 무표정으로 대답했다. 카즈도 평소에 말수가 없거니와 유키오도 묻거나 끼어들지 않아 설명은 순조롭게 진행되었다.

"네 번째 규칙입니다. 과거로 돌아가도 앉은 의자에서 일어나선 안 됩니다. 만약 일어나서 의자에서 멀어질 경우에는 현실로 강제 소환됩니다."

이 규칙을 잊어버리면 모처럼 과거까지 돌아갔다가 곧장 현실로 소환되는 애처로운 결과가 벌어진다.

"다섯 번째 규칙입니다. 과거로 돌아갈 수 있는 시간은, 제가 커피를 잔에 따른 후 그 커피가 식을 때까지에 한합니다."

카즈는 여기까지 설명을 마치고는 어느새 비어 버린 유키오의 물컵으로 손을 뻗었다. 유키오는 목이 탔는지 연신 물을 마시고 있었다.

성가신 규칙은 여기서 끝이 아니었다.

시간을 이동할 수 있는 기회는 단 한 번. 두 번의 기회는 없다.

과거나 미래에서 사진을 찍거나 선물을 주고받는 행위는 허락된다.

커피가 식지 않도록 보온기를 사용해도 커피는 이를 무시하고 식어 버린다.

예전에 도시 전설이 잡지에 실리면서 '과거로 돌아갈 수 있는 찻집'으로 유명해졌으나, 정확히 말하면 미래로 가는 것도 가능하다. 다만, 미래로 가려고 하는 사람은 거의 없다. 왜냐하면, 미래로 떠날 수는 있지만, 그 순간에 만나고 싶은 사람이 있을지는 예측할 수 없기 때문이다. 미래의 사건은 그 누구도 알 수 없다. 어지간히 절박한 이유가 없는 한, 커피가 식기 전까지라는 짧은 시간을 노리고 미래로 떠나 봐야 상대방을 만날 확률은 매우 낮다. 즉, 가 봤자 헛수고가 되기 십상이다.

다만, 카즈는 이 규칙을 일일이 설명하지 않았다. 기본적으로 다섯 가지 규칙만 설명하고 그 외에는 누가 물으면 대답할 따름이었다.

"어머니한테 들었는데, 커피가 식기 전에 다 마시지 못하면 유령이 된다는 말이 사실인가요?"

유키오가 새로 따른 물을 마시고는 카즈의 눈을 물끄러미 바라보며 질문했다.

"사실이에요."

카즈는 선뜻 대답했다.

"그 말은 즉, 죽는다…… 라는 뜻이죠?"

잠시 눈을 내리깔고 가볍게 심호흡한 유키오가 확실히

짚고 넘어가겠다는 듯이 물었다.

지금까지 유령이 된다는 말이 '죽음'을 의미하는지 아닌지, 새삼 확인하는 사람은 한 명도 없었다.
여태껏 어떠한 질문에도 침착하게 답변하던 카즈가 이때만큼은 표정이 흔들렸다. 하지만 그것도 아주 잠시뿐이었다.
"맞습니다."
카즈는 곧바로 숨을 조용히 내쉬고 눈을 천천히 깜빡이며 평소의 태연한 얼굴로 대답했다.
"알겠습니다."
유키오는 무언가 이해한 양 고개를 끄덕이며 나즈막이 중얼거렸다.
"이제 저분이 자리에서 일어나기만 하면 됩니다. 기다리시겠습니까?"
설명을 한차례 끝낸 카즈가 원피스를 입은 여자를 바라보며 물었다. 규칙을 듣고도 과거로 돌아갈 것인지 묻는 최종 확인이었다.
"네."
유키오는 지체 없이 대답하고 눈앞의 커피 잔을 들었

다. 이미 미지근해졌는지 유키오는 커피를 단숨에 들이마셨다.

"커피 더 드시겠습니까?"

"아니요, 괜찮습니다."

카즈가 빈 잔을 가리키며 물었지만, 유키오는 손으로 막으며 거절했다. 키누요가 매일같이 마실 정도로 좋아하던 커피였으나 아무래도 유키오의 입에는 안 맞는 모양이었다.

"왜 장례식엔 안 오셨어요?"

빈 잔을 들고 주방으로 걸어가다가 발걸음을 멈춘 카즈가 유키오에게 등을 돌린 채 물었다.

어머니 장례식에 참석하지 않은 아들의 입장에서는 비난처럼 느껴질 터였다. 카즈가 이런 질문을 하는 경우는 드물었다.

"꼭 대답해야 하나요?"

유키오도 그렇게 느꼈는지 인상을 살짝 찌푸린 채 되물었다.

"아니요."

유키오는 다소 강한 어조로 반문했으나, 카즈는 여느 때처럼 태연한 얼굴로 대답했다.

"다만, 쿄코 씨는 손님이 장례식에 나타나지 않은 이유가 본인 탓이라고 신경을 쓰고 계셔서요…….."

카즈는 이렇게 덧붙이며 고개를 살짝 숙인 후 주방으로 모습을 감췄다.

☕

사실, 유키오가 키누요의 장례식에 나타나지 않은 것은 쿄코의 탓이 아니었다. 물론, 키누요가 죽었다는 사실을 믿고 싶지 않기도 했지만, 가장 큰 이유는 교토에서 도쿄까지 올라올 차비를 마련하지 못했기 때문이다.

키누요의 부고를 들었을 때 유키오는 거액의 빚을 지고 있었다.

지금으로부터 3년 전, 도예가가 되겠다는 꿈을 위해 성실히 수련해 온 유키오에게 공방을 차리고 싶으면 융자를 해 주겠다는 제안이 들어왔다. 자신의 공방을 차리는 것은 도예가들의 큰 꿈이다. 물론 유키오도 언젠가 교토에서 자신의 공방을 열고 싶어 했다.

융자를 제안한 곳은 스승의 공방에 출입하던 도매상이자 교토의 신생 회사였다.

도쿄를 떠나 온 지 17년. 유키오는 자금을 모으기 위해 욕실이 딸리지 않은 다다미(일본의 가옥에서 바닥을 덮는 돗자리로, 한 장은 약 1.65㎡) 여섯 장 크기의 아파트에 집을 구한 후 사치는 일절 부리지 않으며 그저 성실히 살아왔다.

하루빨리 키누요에게 도예가로서 활약하는 모습을 보여주고 싶다는 마음도 있었다. 그리고 실제로 유키오도 30대 후반이라는 나이에 다소 초조함을 느끼던 차였다. 융자를 제안받은 유키오는 부족한 금액을 금융 기관에서 빌리고, 그때까지 모아 놓은 자금과 함께 업자에게 맡긴 후 공방 개업 준비에 돌입했다.

그러나 융자를 제안한 업자는 유키오에게 받은 돈을 가지고 달아났다.

유키오는 사기를 당한 것이다.

그리하여 유키오에게 남은 것은 공방이 아닌, 유키오 명의의 거액의 빚이었다.

경제적 고충은 사람을 정신적으로 몰아세운다.

매일매일 머릿속은 빚을 갚을 궁리로 가득 차고, 미래의 일은 아무것도 계획할 수 없게 된다.

오늘은 어떻게 돈을 마련할까? 내일은 어떻게 하면 마련할 수 있을까? 온통 이런 생각으로 들어찬다.

 차라리 죽는 편이…….

 몇 번이나 죽고 싶다는 생각이 머리를 스쳤으나, 자신이 죽으면 어머니인 키누요에게 상환 의무가 돌아갈 터였다. 유키오는 무슨 수를 써서라도 그 일만큼은 막겠다며 이를 악물고 자살을 단념했다.
 그러던 와중에 한 달 전, 유키오는 키누요의 부고를 들었다.
 유키오의 내면에서 팽팽한 긴장의 끈이 탁 끊어지는 소리가 들렸다.

 유키오는 카즈의 모습이 보이지 않자 천천히 재킷 안주머니에서 휴대전화를 꺼내 화면을 확인하고는 나직이 한숨을 쉬었다.
 "통화권 이탈이군……."

유키오는 원피스를 입은 여자를 힐끔 쳐다본 후 잠시 무언가 생각하는 듯 복잡한 눈빛으로 자리에서 벌떡 일어났다.

원피스를 입은 여자가 벌써 화장실에 가지는 않을 거라 생각했는지, 유키오는 휴대전화를 들고 성큼성큼 입구로 걸어가서 찻집을 빠져나갔다.

딸그랑딸그랑.

카우벨이 울린 바로 다음이었다.

탁.

원피스를 입은 여자가 소설책을 덮는 소리가 가게 안에 울렸다. 아마 유키오는 누군가에게 연락하기 위해 자리에서 일어난 모양이나, 타이밍이 안 좋았다고 할 수밖에 없었다.

원피스를 입은 여자는 읽고 있던 책을 겨드랑이에 낀 채 조용히 일어나서 소리 없이 화장실로 걸어갔다.

이 찻집은 입구의 뒤편 왼쪽에 있는 커다란 나무 문을

통해 밖으로 나갈 수 있다. 오른쪽으로 꺾으면 화장실이 있었다. 원피스를 입은 여자는 느릿한 걸음으로 입구의 아치를 빠져나가서 오른쪽으로 방향을 꺾었다.

찰칵.

화장실 문이 닫히는 소리가 조용히 들리자 주방에 있던 카즈가 아무도 없는 공간으로 모습을 드러냈다.
만약 그곳에 있는 사람이 나가레였다면, 자리를 비운 유키오를 찾으러 허둥지둥 뛰쳐나갔을 것이다. 지금이 과거로 돌아가기 위한 하루에 단 한 번뿐인 기회였기 때문이다.
그러나 카즈는 허둥대지 않았다. 오히려 아무 일도 없다는 듯이 태연한 얼굴로 원피스를 입은 여자가 쓰던 잔을 정리하기 시작했다. 마치 유키오라는 손님이 없었던 것처럼 보이기도 했다. 카즈는 유키오가 무엇 때문에 밖으로 나갔는지, 돌아올지 아닐지 관심이 없었다.
테이블을 행주질하고 쟁반 위의 잔을 정리하기 위해 카즈가 다시 주방으로 들어가자 카우벨이 울렸다.

딸그랑딸그랑.

유키오가 돌아왔다. 들고 있던 휴대전화는 주머니에 넣어서 지금은 빈손이었다. 유키오는 원래 앉았던 카운터석으로 돌아가 눈앞에 놓인 유리컵을 집어 들었다. 카운터석은 예의 그 자리를 등지고 있어서, 유키오는 원피스를 입은 여자가 없어진 줄도 모른 채 물을 마신 후 긴 한숨을 내쉬었다.

주방에서 쟁반에 은주전자와 새하얀 커피 잔을 받쳐 든 카즈가 나타났다.

"누나한테는 연락했습니다."

카즈가 나오자 유키오가 자리를 떠났던 이유를 설명했다. 그 말투에는 카즈가 조금 전 장례식에 오지 않은 이유를 묻자 "꼭 대답해야 하나요?"라고 대꾸했을 때와 같은 가시 돋침은 없었다.

"그러셨군요."

쿄코와 무슨 이야기를 했는지는 모르지만, 카즈는 조용히 대답했다.

유키오는 시선을 들어 카즈의 모습을 보고는 숨을 턱 멈추었다. 몸 주위를 푸르스름한 불길이 부옇게 휘감고 있는 듯한, 이 세상의 존재가 아닌 듯한 신비로운 분위기가 풍겼다.

"자리가 비었습니다……."

"앗."

카즈의 말을 들은 다음에야 그 자리에 원피스를 입은 여자가 없다는 사실을 깨달은 유키오가 무심코 탄식을 터뜨렸다.

"자리에 앉으시겠습니까?"

카즈는 원피스를 입은 여자가 앉아 있던 자리 옆에 서서 물었다.

유키오는 그 자리가 빈 줄 모르고 있던 자신에게 놀랐는지 잠시 얼떨떨한 모습을 보였다.

"……아, 네."

카즈의 시선을 느낀 유키오는 가까스로 대답한 후 그 자리로 걸어가서 조용히 눈을 감고 심호흡을 하며 테이블과 의자 사이로 몸을 집어넣었다.

"지금부터 제가 커피를 따라 드릴 거예요."

카즈는 유키오 앞에 새하얀 잔을 내밀며 속삭였다. 차분하고 묵직한 목소리였다.

"과거로 돌아가는 건 이 잔에 커피를 따른 후부터, 커피가 식을 때까지······."

"······알겠습니다."

이 규칙은 조금 전에 설명했음에도 불구하고, 유키오는 잠시 생각에 잠긴 듯 눈을 감고 뜸을 들이다가 혼잣말처럼 말했다. 방금까지의 대답과는 달리 목소리 톤이 조금 낮았다.

카즈는 고개를 살짝 끄덕이고는 쟁반 위에 있던 10cm 길이의 머들러 같은 은 스틱을 잔에 쏙 집어넣었다.

"그건 뭐죠?"

유키오는 그 물건이 무엇인지 궁금하다는 듯 고개를 갸웃하며 카즈에게 물었다.

"티스푼 대신 쓰세요······."

카즈는 간단히 설명했다.

'왜 티스푼 대신······?'

유키오는 의문이 들었으나 설명을 들을 시간도 아까운 상황이었다.

"알겠습니다."

카즈의 설명이 얼추 끝난 시점이었다.

"준비되셨나요?"

"네."

유키오는 대답하고 물을 한 모금 마시더니 심호흡을 하며 중얼거렸다.

"부탁합니다."

카즈는 고개를 살며시 끄덕인 후 쟁반 위의 은주전자를 오른손으로 천천히 들어 올렸다.

"키누요 선생님께 안부 전해 주세요……."

그리고 이렇게 속삭였다.

"커피가 식기 전에……."

카즈는 마치 슬로 모션처럼 느릿느릿 커피를 잔에 따르기 시작했다. 평범한 움직임인데도 일련의 동작은 발레리나처럼 아름답고, 흡사 의식을 치르는 듯한 숭고함마저 느껴졌다. 그와 동시에 실내의 공기에도 팽팽한 긴장감이 감돌았다.

은주전자의 부리는 무척이나 가늘어서, 그곳에서 흐르는 커피가 가느다란 실선으로 보였다. 입구가 넓은 커피포트로 따를 때처럼 쫄쫄 소리도 들리지 않았다. 커피는 은주전자에서 새하얀 잔으로 소리 없이 이동했다.

유키오가 커피와 잔의 흑백의 대비를 바라보고 있으니, 잔에 담긴 커피에서 한 줄기 김이 스르르 피어올랐다. 그 순간, 주변의 풍경이 출렁이며 일그러지기 시작했다. 유키오는 당황한 나머지 눈을 비비려고 했지만, 그럴 수 없었다. 눈가로 가져간 두 손은 '손'이라는 감각만 남았을 뿐 기체로 변해 있었기 때문이다. 손뿐만 아니라 몸통과 다리도 마찬가지였다.

'이, 이럴 수가……'

처음에는 예상 밖의 일이라 깜짝 놀랐으나, 지금부터 벌어질 상황을 생각하니 금방 진정이 됐는지 유키오는 천천히 눈을 감았다.

유키오의 주변 풍경은 위에서 아래로 부드럽게 흘러 내려갔다.

☕

유키오는 키누요를 떠올렸다.

유키오는 어린 시절 세 번의 죽을 고비를 넘겼다. 그리고 그 세 번 모두 키누요가 옆에 있었다.

첫 번째는 두 살 때 폐렴에 걸려 40도에 가까운 고열과 기침이 장기간 이어진 일이다. 현재 폐렴은 의학의 발달로 인해 치료에 유효한 항생 물질을 처방하면 고칠 수 있는 질병이다. 유아기에 걸리기 쉬운 폐렴은 주로 세균, 바이러스, 마이코플라스마 등이 원인으로 밝혀졌으며 효과적인 치료법도 등장했다.

그러나 과거에는 의사조차 "최선은 다했지만, 손쓸 방법이 없습니다. 이제 자녀분에게 달렸습니다."라고 말하는 일이 많았다.

유키오의 경우에도 세균성 폐렴인 줄 모르는 상태에서 40도에 달하는 고열과 심한 기침이 계속되자, 의사가 "마음의 준비를 해 두십시오."라는 말까지 했다.

두 번째는 일곱 살 때 강에서 놀다가 물에 빠져 심폐 정지 상태에서 기적적으로 목숨을 건진 일이다. 현지 소방서 직원이 발견하여 인공호흡 등의 적절한 응급처치를 한 덕분에 목숨을 구할 수 있었다.

키누요가 함께 있었지만, 잠깐 한눈을 판 사이에 벌어진 일이었다.

세 번째는 열 살 때 교통사고를 당한 일이다. 새로 산 자전거를 타고 나간 유키오는 같이 있던 키누요의 앞에서 신호를 무시하고 달려온 차에 치였다. 유키오는 10m쯤 튕겨 나가 전신 타박상을 입고 구급 이송되었다. 생사를 넘나드는 상황이었지만, 두부 손상은 없어 기적적으로 의식을 되찾았다.

부모로서 자식의 질병과 부상, 사고를 막을 방법은 없다. 키누요는 세 번 모두 유키오가 회복할 때까지 밤낮없이 쉬지 않고 간병했다. 화장실에 갈 때 외에는 한시도 곁을 떠나지 않고 유키오의 손을 기도하듯 붙잡고 있었다. 남편과 부모가 키누요의 건강을 염려하여 쉬라고 권해도 들은 체하지 않았다.

부모의 자식 사랑에는 끝이 없다.

그리고 부모에게 자기 자식은 나이가 몇이든 언제나 아이다.

그 마음은 유키오가 도예가가 되겠다고 부모의 품을 떠난 후에도 변함이 없었다.

교토의 유명한 도예가 밑으로 들어간 유키오는 공동 숙소와 식사는 제공받았지만, 월급은 받지 못했다. 따라서 낮에는 공방에서 일하고 밤에는 편의점이나 선술집에서 아르바이트를 했다.

20대 초반에는 다소 무리도 할 수 있었으나 30대에 접어들자 체력적으로 힘들어졌다. 공방에서 푼돈이나마 월급을 받게 됐을 때는 숙소에 마냥 머물 수도 없는 노릇이라 아파트를 빌리니 생활이 급격히 어려워졌다.

그래도 훗날 자신의 공방을 열기 위해 조금씩 차곡차곡 저금하면서, 키누요가 가끔 편지와 함께 부쳐 주는 인스턴트 식재료로 겨우 생활을 해 나갔다.

일주일에 천 엔도 쓰지 않을 때도 있었다. 같은 나이대의 젊은이들이 취업하고, '연애'다 '자동차'다 하며 청춘을 즐길 때도 일심불란으로 흙을 빚으며 도예가로 인정받는 그 날을 위해 가마 앞에서 그을음을 뒤집어썼다.

스스로 재능이 없다고 생각해 자포자기한 적도 몇 번이나 있었다.

'30대가 돼서 아르바이트를 병행하면서까지 할 필요는 없다. 취직을 하려면 빨리 포기하는 편이 낫다. 이런 취직난 속에서 마흔 넘은 사람을 채용해 줄 회사는 없지 않은가. 지금도 힘들다. 언제까지 도예를 계속할 수 있을까? 언제쯤이면 도예가로 성공할 수 있을까? 미래가 보이지 않는 불안. 보장되지 않는 생활. 결혼도 못 하고 그냥 이렇게, 매일 흙과 분투하는 나날…….'

그러면서도 실낱같은 희망에 매달렸다. 이 꿈을 이루면 기뻐해 줄 거라는, 기뻐해 줄 사람이 있다는 생각만이 버팀목이 되었다. 무시를 당하고 비웃음을 샀지만, 키누요만큼은 유키오의 성공을 믿어 주었다.

그런데…….

전 재산을 빼앗기다 못해 거액의 빚을 지게 될 줄은 꿈에도 생각지 못했다.
가장 힘겨운 시기에, 누군가의 응원이 가장 필요한 시기에, 키누요가 죽었다는 소식을 접한 유키오는 절망의 늪에 빠지고 말았다.
'왜 하필 지금이지?'
'왜 나만 이렇게 괴로워야 하지?'
'난 무엇을 위해 태어나서 무엇을 위해 살아온 거지?'

마테를링크의 《파랑새》에는 이런 이야기가 있다.
틸틸과 미틸은 '미래의 나라'에서 세 가지 병을 가지고 태어나기를 기다리는 아이와 만난다. 그 아이는 태어나자마자 성홍열, 백일해, 홍역에 걸려 죽기로 되어 있었다. 유키오는 어렸을 때 이 책을 읽고 매우 슬펐던 기억을 떠올렸다.

그것이 운명이라면, 바꿀 수 없는 운명이라면, 인생은 얼마나 불공평하단 말인가. 유키오는 이 불공평한 운명을 내 손으로 바꿀 수 없다면 사람은 무엇을 위해 태어나는 것일까 생각했다.

정신을 차려 보니 유키오의 눈에서 눈물이 흐르고 있었다. 뺨을 타고 내려오는 눈물을 손으로 닦으면서 그것이 눈물인 줄 깨달았다.

기체로 변했던 손은 원상태로 돌아오고 위에서 아래로 흐르던 주위의 풍경도 어느새 멎어 있었다.

오도독오도독, 오도독오도독…….

원두를 가는 소리가 들리자 유키오는 카운터로 눈을 돌렸다. 천장에서 돌아가는 실링 팬도, 펜던트 조명도, 커다란 괘종시계도, 몇 초 전과 달라진 점이 없었다. 다만, 카운터 안에 있는 사람만이 바뀌어 있었다. 오도독오도독 원두를 갈고 있는 사람은 한 번도 본 적 없는, 눈이 실처럼 가느다란 거구의 사내였다.

유키오는 가게 안을 둘러보았지만, 자기 말고는 그 거구의 사내만 있을 뿐이었다.

'정말 과거로 돌아온 건가?'

유키오는 곧 의문이 들었으나 확인할 방법은 떠오르지 않았다.

카즈라는 웨이트리스는 온데간데없고 카운터 안에는 유키오가 처음 보는 커다란 사내가 있었다. 자신의 몸이 기체로 변하고 주위의 풍경이 위에서 아래로 이동하는 광경도 목격했다. 그런데도 과거로 왔는지 확신할 수 없었다.

카운터 안에 있는 거구의 사내는 유키오가 나타났는데도 태평하게 원두를 갈고 있었다. 낯선 유키오가 이 자리에 갑자기 나타난 일이 그 남자에게는 일상다반사인 것이 분명했다. 더구나 유키오에게 말을 걸려는 기미도 보이지 않았다.

그러한 태도는 유키오도 바라던 바였다. 이곳에서 누가 꼬치꼬치 캐물어도 대답할 생각은 없었다. 그저 이곳이 유키오가 원했던, 키누요가 살아 있는 과거인지 아닌지 확인하고 싶을 따름이었다.

키누요가 입원한 것은 지난봄, 6개월 전이라는 이야기를 쿄코에게 들은 터라 지금이 몇 년 몇 월인지 물어볼 생각이었다.

"저기요……."

거구의 사내에게 말을 건 그때였다.

딸그랑딸그랑.

"안녕하세요."

이 찻집은 구조상 카우벨이 울린 직후에는 누가 들어왔는지 알 수 없다. 그러나 유키오는 그 목소리의 주인공이 누구인지 대번에 알아차렸다.

'엄마…….'

잠시 계산대 옆 입구를 쳐다보고 있으니 요스케의 어깨에 의지한 채 불안한 걸음으로 천천히 들어오는 키누요가 보였다.

"아…….";

키누요의 모습을 본 순간, 유키오는 자신의 모습이 눈에 띄지 않도록 얼굴을 가리고는 입술을 꽉 깨물었다.

'입원하기 직전으로 와 버렸나…….'

유키오가 마지막으로 키누요의 모습을 본 것은 5년 전이었다. 그 무렵의 키누요는 아직 정정해서 다른 사람의 어깨를 빌리지 않아도 충분히 걸을 수 있었다. 그러나 눈앞에 나타난 키누요는 무척이나 수척하고 여위어 있었다. 눈은 움푹 들어가고 머리에는 흰서리가 가득 내려앉았다. 요스케가 붙들고 있는 손은 혈관이 붉어진 데다 손가락 하나하나가 앙상한 가지처럼 보였다. 이미 키누요의 몸에는 병마의 그늘이 드리우고 있었다.

'설마, 이 정도일 줄은……'

유키오는 더 이상 고개를 들 수 없었다.

유키오가 그곳에 있다는 사실을 먼저 알아챈 사람은 요스케였다.

"할머니……"

요스케는 키누요의 귓가에 대고 조용히 부르더니 키누요가 천천히 유키오 쪽으로 몸을 돌릴 수 있도록 거들었다. 할머니를 잘 따르는 요스케가 손발이 되어 수척해진 키누요를 지탱하고 있는 모습이었다.

요스케의 시선 끝에서 유키오를 발견한 키누요는 눈을 동그랗게 뜨고 낮은 목소리로 중얼거렸다.

"어머나, 이게 무슨……"

키누요의 목소리를 듣고는 유키오가 고개를 휙 들며 말했다.

"건강해 보이네."

카즈와 대화할 때보다 밝은 목소리였다.

"아니, 어떻게 된 거야?"

교토에 있어야 할 유키오가 느닷없이 이 찻집에 나타나자 키누요는 몹시 놀라워하면서도 두 눈은 반갑게 빛났다.

"잠깐 일이 있어서."

유키오도 웃는 얼굴로 화답했다.

키누요는 요스케에게 작은 목소리로 "고맙구나."라고 인사한 뒤 혼자서 유키오가 앉아 있는 테이블 자리로 향했다.

"나가레 씨, 커피 이쪽으로 부탁할게요."

키누요는 걸어가며 정중한 말투로 부탁했다. 나가레는 "알겠습니다." 하고 대답했지만, 주문을 듣기도 전에 이미 방금 갈아 둔 원두를 드리퍼에 넣고 뜨거운 물로 적신 참이었다.

늘 똑같은 시간에 찾아오는 키누요를 위해 나가레는 원두를 갈아 놓았던 것이다. 요스케는 나가레의 맞은편 카운터 자리에 걸터앉았다.

"요스케는 뭐로 할래?"

"오렌지주스요."

"알겠습니다."

나가레는 요스케의 주문을 받은 후 드리퍼의 원두 가운데부터 드립포트로 달팽이 모양을 그리며 물을 따르기 시작했다.

가게 안에 커피의 그윽한 향이 퍼졌다. 키누요는 이 순간이 참을 수 없이 좋다는 듯 행복한 미소를 지으며 유키오의 맞은편 자리에 "웃샤." 소리를 내며 앉았다.

키누요는 수십 년 전부터 이 찻집에 드나든 단골이었다. 물론, 이곳의 규칙도 익히 알고 있었다. 이 자리에 앉아 있는 유키오가 미래에서 왔다는 사실은 말하지 않아도 알 터였다. 유키오는 지금 상황에서 왜 미래에서 왔느냐는 질문만큼은 나오지 않기를 바랐다.

죽은 엄마를 만나러 왔다…….

이 말은 도저히 할 수 없었다.

"살 좀 빠진 것 같은데?"

무슨 말이든 해야 한다는 초조함에 유키오는 무심코 그렇게 물었다. 유키오는 말이 흘러나온 순간, 속으로 '아뿔싸!' 싶었다.

암 선고를 받지 않았더라도 입원 직전이니 살이 빠지는 것은 당연했다. 유키오는 키누요의 건강 문제가 화제에 오르는 것만큼은 피하고 싶었다. 주먹을 쥔 손이 땀으로 흥건해졌다.

"어머, 그러니? 기분 좋네."

예상과는 달리 키누요는 두 손을 얼굴 위로 갖다 대며 기쁘다는 동작을 취했다.

'어쩌면 아직 암에 걸린 줄 모르고 있는지도…….'

유키오는 키누요의 반응을 보고 이렇게 생각했다. 입원 후에 선고를 받는 경우도 있다. 키누요가 아직 자신의 병을 모른다면 이는 자연스러운 반응이었다.

'……다행이다.'

안심한 유키오는 자신도 되도록 평소의 말투를 유지하려고 신경 썼다.

"그 나이에 뭐가 좋다고……."

유키오는 웃으며 퉁명스럽게 말을 던졌다.

"그렇지도 않아."

키누요는 진지한 얼굴로 대답했다.

"너도 좀 마른 거 아니니?"

"……글쎄?"

"밥은 잘 챙겨 먹어?"

"그럼, 잘 먹지. 얼마 전부터는 본격적으로 자취도 시작했다고."

유키오는 키누요의 부고를 들은 후 제대로 식사한 적이 없었다.

"어머, 그러니?"

"이제 컵라면 생활은 끝났으니 걱정하지 마."

"빨래는?"

"잘하고 있어."

벌써 한 달 가까이 똑같은 옷을 입고 있었다.

"아무리 피곤해도 이불은 펴고 자야 해."

"나도 알아."

아파트는 이미 계약이 끝난 상태였다.

"돈이 부족하면 다른 사람한테 손 벌리지 말고 꼭 말해. 많이는 아니어도 조금이면 어떻게든 될 테니까."

"괜찮아……."

자기 파산 절차는 어제로 끝났다. 이제 거액의 빚으로 키누요와 쿄코에게 누를 끼칠 일은 없었다.

유키오는 다만 마지막으로 키누요의 얼굴이 보고 싶었을 뿐이었다.

만약 과거로 돌아가서 현실을 바꿀 수 있다면, 이런 결말을 선택하지 않았을지도 모른다. 무슨 수를 써서라도 눈앞에 있는 어머니를 좋은 병원에 데려가기 위해 안간힘을 썼을 터였다. 지금 카운터 안에 있는 모르는 사내에게 사정을 설명하며 머리를 조아렸을 것이다.
그러나 그건 이루어질 수 없는 일이었다.
유키오는 살아갈 의미를 잃어버렸다. 키누요를 슬프게 하고 싶지 않다는 일념 하나로, 아무리 사기를 당하고 시련을 겪어도 있는 힘을 다해 버텨 왔다. 부모보다 먼저 죽을 수는 없다고 생각하며 앞을 보고 살아왔다.

그러나 현실로 돌아가면, 더 이상 키누요는 존재하지 않는다······.

유키오는 부드러운 표정으로 키누요에게 말을 걸었다.

"나, 드디어 내 도예 공방도 열게 됐어."

"정말?"

"응, 정말이야."

"······잘됐구나."

키누요의 눈에서 눈물이 흘렀다.

"울 일이 아니잖아."

유키오는 테이블 위의 냅킨을 건넸다.

"그래도······."

그다음은 말이 없었다. 유키오는 그런 키누요의 모습을 바라보며 재킷 안주머니에서 무언가를 천천히 꺼내어 내밀었다.

"그러니까, 이거······."

유키오가 내민 것은 교토로 떠나는 날 키누요가 준 통장과 인감이었다.

"힘들어지면 쓰려고도 했는데, 안 쓰고 여기까지 올 수 있었어······."

아무리 생활이 궁핍해도 이 돈만큼은 꺼낼 수가 없었다. 자신의 성공을 믿어 의심치 않고 떠나보내 준 어머니의 사랑이 담긴 돈이었기에, 도예가로 성공하면 반드시 돌려주겠다고 결심했던 것이다.

"그래도 이건……."

"괜찮아. 이 돈이 있어서 지금까지 아무리 힘든 일이 생겨도 이겨낼 수 있었어. 이 돈이 있어서 힘낼 수 있었어. 이 돈을 엄마한테 돌려주려고 노력한 거니까……."

거짓말이 아니었다.

"받아 줘."

"유키오……."

"고마워."

유키오는 머리를 깊이 숙였다. 키누요는 유키오가 내민 통장과 인감을 받아 들고 기도하듯 가슴 앞에서 감싸 안았다.

'더 이상 미련은 없어. 이제 커피가 식을 때까지 기다리기만 하면 돼.'

유키오는 처음부터 현실로 돌아갈 생각이 없었다.

키누요가 죽었다는 소식을 들은 후, 이 순간만을 그리며 버텨 왔다. 그냥 죽을 수는 없었다. 빚을 남기면 가족에게 누를 끼친다.

유키오는 지난 한 달간 죽기 살기로 자기 파산을 준비했다. 장례식에 갈 차비조차 없었지만, 일일 아르바이트를 하며 변호사에게 지급할 비용과 이곳에 올 차비를 마련했다. 전부 이 순간을 위해서였다.

긴장의 끈이 끊어졌는지 유키오는 온몸에서 힘이 빠져나가는 것을 느꼈다. 지난 한 달간 제대로 눈을 붙이지 못한 까닭도 있을 것이다. 유키오의 피로는 한계에 달했으나, 모든 것이 끝나려는 지금, 유키오의 마음에는 만족감과 해방감만이 남았다.

'다행이다. 이제 편해질 수 있겠다.'

그때였다.

삐삐삐삐, 삐삐삐삐…….

유키오의 잔에서 작은 알람 소리가 울렸다. 유키오는 그 알람이 무슨 의미인지 몰랐지만, 소리가 울리자 카즈의 말이 떠올랐다.

"그러고 보니, 이 웨이트리스가 엄마한테 안부 전해 달랬어."

유키오는 소리가 나는 머들러를 잔에서 꺼내며 카즈의

말을 전했다.

"카즈가……?"

"아, 응."

"그렇구나……."

키누요의 표정은 순간 어두워졌지만, 천천히 눈을 감고 심호흡을 한 뒤 이내 다시 부드러운 얼굴로 유키오를 바라보았다.

"키누요 씨……."

카운터 안에서 나가레가 새파랗게 질린 얼굴로 키누요의 이름을 불렀다.

"알고 있어."

키누요는 그런 나가레에게 방긋 웃으며 말했다.

'……?'

유키오는 두 사람의 대화를 수상쩍게 쳐다보며 잔으로 손을 뻗어 커피를 한 모금 마셨다.

"음, 맛있네."

유키오는 거짓말을 했다. 강한 산미는 유키오의 취향이 아니었다.

키누요는 그런 유키오를 다정한 눈빛으로 바라보고 있었다.

"착한 아이였지?"

"응? 누가?"

"카즈 말이야."

"응? 아, 그렇더라."

유키오는 이번에도 거짓말을 했다. 카즈의 성품을 살펴볼 여유 따위는 없었다.

"다른 사람의 마음을 헤아릴 줄 아는 아이라서, 늘 그 자리에 앉는 사람을 배려하지."

유키오는 키누요가 무슨 말을 하고 싶은 건지 종잡을 수 없었으나, 이제 커피가 완전히 식을 때까지 기다리는 일만 남았다고 생각한 터라 이야기의 내용은 아무래도 상관없었다.

"그 자리에 하얀 원피스를 입은 여자가 앉아 있었지?"

"응? 아, 맞아……."

"그 여자는 죽은 남편을 만나러 과거로 갔다가, 돌아오지 않았어……."

"그랬구나."

"과거로 돌아가서 무슨 일이 있었는지는 아무도 몰라. 하지만, 그래도, 여자가 돌아오지 않을 거라고는 그 누구도 예상을 못 했지."

카운터 안에서 고개를 푹 숙이고 있는 나가레의 모습이 유키오의 눈에 들어왔다.

"……?"

"그때 커피를 내린 사람은 당시 막 일곱 살이 된 어린 카즈였어……."

"……그렇구나."

유키오는 시큰둥하게 중얼거렸다. 키누요가 무슨 이야기를 하고 싶어서 그런 말을 꺼내는지 짐작할 수 없었다.

"두 사람은 모녀지간이라고."

유키오의 대답을 쓸쓸한 표정으로 듣고 있던 키누요가 조금 단호한 어투로 말했다.

"뭐?"

"돌아오지 않은 사람은 카즈의 엄마였던 거야……."

과연 유키오도 그 말을 듣고는 얼굴색이 달라졌다.

한창 엄마의 사랑이 필요한 일곱 살 소녀에게 그것이 얼마나 잔혹한 결과였을지, 상상만으로도 애달픈 일이었다. 그러나 동정은 느꼈지만, 자신이 미래로 돌아가야겠다는 마음은 들지 않았다.

'그 얘기랑 이 머들러랑 무슨 상관이지……?'

유키오는 냉정한 생각마저 했다.

"그러니까, 카즈는 죽은 사람을 만나러 가는 사람의 잔에는 이걸 넣어."

키누요는 커피 잔 받침에 놓인 머들러를 유키오에게 보이게끔 들어 올렸다.

"커피가 다 식기 전에 울리지······."

"······아."

유키오의 얼굴이 창백해졌다.

'근데, 그렇게 되면······.'

"이건 카즈가 내게 보내는 메시지."

'엄마가 죽는다는 사실을 엄마한테 알리는 꼴이 되는 거잖아?'

"뭐? 대체 왜? 어째서 아무 상관 없는 사람이 그런 짓을 하는 거야? 엄마의 기분은 어쩌고?"

유키오는 카즈의 행동을 이해할 수 없었다.

'너무 제멋대로잖아!'

유키오의 얼굴에 분노의 감정이 노골적으로 드러났다.

"카즈는 말이야······."

키누요는 조용히 속삭이며 유키오가 지금껏 본 적 없는 행복한 미소를 지었다. 그 표정에서는 카즈의 메시지로 죽음을 선고받은 공포는 털끝만치도 느껴지지 않았다.

"오직 나만이 할 수 있는 마지막 임무를 준 거야."

'아…….'

유키오는 어린 시절 죽음의 고비를 넘긴 이야기가 나올 때마다 키누요가 "나는 아무것도 해 주지 못했어."라며 흐느꼈던 것을 떠올렸다. 물론 질병이고 사고이긴 했지만, 아무것도 해 줄 수 없는 안타까움을 키누요는 두고두고 잊지 못했던 것이다.

"돌아가야지, 미래로……."

키누요는 다정하게 말하며 미소를 지었다.

"싫어."

"엄마는 널 믿으니까."

"싫다고."

유키오는 고개를 크게 휘저었다.

"이건, 엄마가 받을게. 네 마음이 담긴 거니까. 엄마도 쓰지 않고 무덤까지 들고 갈게."

키누요는 유키오가 돌려준 통장과 인감을 이마 위로 올리고는 깊이, 깊이 머리를 숙였다.

딸그랑딸그랑…….

"엄마……."

키누요는 고개를 들고 따스하게 웃는 얼굴로 유키오의 눈을 바라보았다.

"죽고 싶다는 자식을 구해 주지 못하는 부모보다 괴로운 건 없어."

유키오의 입술이 파르르 떨렸다.

"……미안."

"괜찮아."

"미안해."

"자, 여기……."

키누요는 커피 잔을 유키오 쪽으로 살며시 밀었다.

"카즈한테 고맙다고, 전해 줄래?"

"……."

유키오는 '알겠어.'라고 대답하려 했으나 아무 말도 나오지 않았다. 숨을 죽이고 떨리는 손으로 잔을 집어 올렸다. 유키오가 부예지는 시야 속에서 고개를 드니, 키누요도 만면에 미소를 머금은 채 눈물을 흘리고 있었다.

'사랑하는 내 아들…….'

목소리가 작아서 유키오에게는 들리지 않았지만, 키누요의 입술은 그렇게 속삭이고 있었다. 마치 갓 태어난 아기에게 들려주듯이.

　부모에게 자식은 언제까지나 아이다. 늘, 대가를 바라지 않고, 언제나 자식의 행복만을 바라며 애정을 쏟아 주는, 엄마.

　'내가 죽으면 다 끝나겠지.'

　유키오는 이렇게 생각하고 있었다. 죽은 키누요와는 상관이 없다고. 그러나 그 생각은 빗나갔다. 죽어서도 엄마라는 사실에는 변함이 없다. 사랑에는 변함이 없었다.

　'죽은 엄마를 슬프게 할 뻔했어…….'

　유키오는 단숨에 커피를 들이마셨다. 모카 특유의 산미가 입안 가득 퍼졌다. 그리고 또다시 아찔하게 현기증이 일면서 몸이 기체로 변했다.

　"엄마!"

　이제 유키오의 목소리가 키누요에게 전해지는지 아닌지 알 수 없었다. 그러나 키누요의 목소리는 유키오의 귀에 똑똑히 들려왔다.

　"만나러 와 줘서, 고맙구나……."

　유키오의 주변 풍경이 위에서 아래로 흘러가기 시작했다. 시간이 과거에서 미래로 되돌아갔다.

'……만약, 그때 알람이 울리지 않았다면…….

그 상태로 커피가 식기만을 기다렸다면, 엄마를 마지막 순간에 불행에 빠뜨릴 뻔했어…….

오래도록 도예가로 인정받지 못하고 성공에 눈이 멀어 사기를 당하면서, 왜 나만 이렇게 불행해져야 하느냐며 원망하고 고통스러워했지만, 그보다 더 큰 고통을 엄마한테 겪게 할 뻔했어…….

그래, 살자……. 무슨 일이 있어도…….

마지막까지 내 행복을 바라고 또 바랐던 엄마를 위해서라도…….'

유키오의 의식은 되돌아가는 시간 속에서 천천히 멀어져 갔다.

정신을 차려 보니 가게 안에는 카즈 외에 아무도 없었다. 유키오는 현실로 되돌아왔다. 잠시 후 화장실에서 원피스를 입은 여자가 돌아왔다.

여자는 소리 없이 유키오 앞까지 스윽 오는가 싶더니 무표정으로 내려다보며 불만스럽게 중얼거렸다.

"비켜."

"……."

유키오는 코를 훌쩍이며 원피스를 입은 여자에게 천천히 자리를 양보했다. 여자는 묵묵히 자리에 앉아 유키오가 쓰던 잔을 휙 밀쳐 내고는 아무 일도 없었다는 듯 소설을 읽기 시작했다.

'가게에서 빛이 나네.'

유키오는 신기한 감각에 당혹감을 느꼈다. 가게 안의 조명이 밝아진 것은 아니었다. 그러나 유키오의 눈에 비치는 모든 것이 선명하게 보였다.

포기했던 인생에서 희망에 찬 인생으로, 유키오의 마음은 아주 달라져 있었다.

'세상은 바뀌지 않아. 바뀐 건 나야…….'

유키오는 원피스를 입은 여자를 지그시 바라보며 방금 체험한 일을 머릿속에서 반추했다. 그 사이에 카즈는 유키오의 잔을 치우고 원피스를 입은 여자에게 새 커피를 내놓았다.

"엄마가……."

유키오가 뒤돌아 있는 카즈에게 말을 걸었다.

"그쪽한테 고맙다고 전해 달랬어요."

"그렇군요……."

"그리고 저도……."

유키오는 그렇게 말하며 머리를 깊숙이 숙였다. 카즈는 유키오가 썼던 잔을 정리하기 위해 주방으로 모습을 감췄다. 카즈가 보이지 않자 유키오는 천천히 손수건을 꺼내서 눈물로 범벅된 얼굴을 닦고 코를 풀었다.

"얼마죠?"

유키오는 주방에 있는 카즈에게 물었다.

"커피값은 심야 요금 포함해서 사백이십 엔입니다."

금방 돌아온 카즈는 계산대 앞에서 전표를 읽으며 대답한 후 담담하게 계산대를 덜컹덜컹 두드렸다. 원피스를 입은 여자도 태평한 얼굴로 소설을 읽는 데 열중하고 있었다.

"……여기요."

유키오는 천 엔짜리 지폐를 내밀며 물었다.

"……왜, 알람은 설명 안 해 주셨나요?"

"죄송해요. 설명하는 걸 깜빡했네요."

카즈는 태연한 표정으로 돈을 받아 들고 다시 계산대를 덜컹덜컹 두드리며 고개를 살짝 숙였다.

제2화 모자 183

유키오는 기분 좋게 미소를 지었다.

쓰르르르, 어디서 길을 잃었는지 방울벌레의 울음소리가 들려왔다.
"엄마가……."
방울벌레의 울음소리에 이끌리듯 유키오는 천천히 입을 열었다.
"그쪽도 행복해졌으면 좋겠다고……, 하더군요."
유키오는 카즈가 내미는 거스름돈을 받으며 이 말을 남긴 뒤 찻집을 나섰다.
사실 키누요에게 들은 말은 아니었다. 다만 카즈의 사정을 생각하면 키누요가 어떤 마음을 전하고 싶었을지, 유키오는 쉽게 상상할 수 있었다.

딸그랑딸그랑.

유키오가 떠나자 가게 안에는 다시 카즈와 원피스를 입은 여자 둘만 남았다. 카우벨 소리는 조용히 울려 퍼졌다. 카즈는 행주로 카운터 위를 닦기 시작했다.

가을의 긴긴밤을 울며 지새우네
아아 재미있다 벌레 소리

 카즈가 조용한 목소리로 읊조렸다. 그 소리에 응답하듯 방울벌레가 쓰르르르, 목청을 높였다.
 가을밤은 조용히, 그리고 천천히 깊어져 갔다…….

제3화
연인

"오지 않으면 오지 않는 대로

괜찮습니다."

그 자리에, 과거에서 찾아왔다는 남자가 앉아 있었다.

이 찻집에서는 과거로 돌아갈 수 있을 뿐만 아니라 미래로 가는 것도 가능하다.
하지만 과거로 돌아가는 사람은 있어도 미래로 가는 사람은 거의 없다. 왜냐하면, 과거는 만나고 싶은 상대가 이 찻집에 와 있는 순간을 노리고 돌아갈 수 있지만, 미래는 그것이 어렵기 때문이다. 도착한 미래에 만나고 싶은 사람이 이 찻집에 와 있는지 아닌지는 알 수 없다.

설령 약속을 했더라도 찻집으로 오는 길에 전철이 연착될지도 모른다. 급한 일이 생기거나, 도로가 봉쇄되거나, 태풍이 닥치거나, 몸이 안 좋아지는 등 어떠한 장애물이 기다릴지 모른다.

그런 불확실한 미래로 가 봤자 만나고 싶은 사람을 만날 수 있는 확률은 상당히 낮다.

그런데도 과거에서 찾아온 남자가 있었다. 남자의 이름은 구라타 카츠키. 카츠키는 반소매 티셔츠와 반바지를 입고 비치 샌들을 신고 있었다.

그러나 가게 안에는 천장으로 치솟은 커다란 크리스마스트리가 장식되어 있었다.

이 찻집은 아홉 명이면 만석이 될 정도로 좁기 때문에, 트리는 세 개의 테이블 중 가운데 자리를 정리한 가게 정중앙에 떡하니 놓였다. 진짜 전나무는 아니었지만, 이 트리는 도키타 나가레의 아내인 케이가 죽기 전, 사랑하는 딸 미키를 위해 매년 장식할 수 있는 물건을 남기려고 산 것이었다.

오늘은 12월 25일, 크리스마스다.

"그렇게 입고 춥지 않으세요?"

미키의 옆 카운터 자리에 앉아 있는 기지마 쿄코가 카츠키에게 물었다. 카츠키의 시원스러운 복장이 크리스마스와는 너무 어울리지 않아 쿄코는 걱정하면서도 웃음을 참고 있었다.

"걸칠 옷 좀 빌려 드릴까요?"

나가레가 물으며 주방에서 고개를 내밀었다.

"전혀 안 추우니 괜찮습니다. 그보다 물 한 잔만 주실 수 있나요?"

카츠키는 살며시 손을 저으며 대답하고는 카운터 안에 있는 도키타 카즈에게 부탁했다.

"네."

카즈는 몸을 휙 돌려 선반에서 유리컵을 꺼내 물을 따른 후 카츠키에게 성큼성큼 걸어왔다.

"고맙습니다."

카츠키는 물을 받아 들고 단숨에 들이켰다.

"완성!"

쿄코의 옆자리에서 색종이를 세로로 잘라 만든 단자쿠(소원을 적는 조붓한 종이)에 펜으로 무언가 끄적이고 있던 미키가 큰 소리로 외쳤다.

"이번엔 무슨 소원 적었어?"

글씨가 적힌 단자쿠를 들어 올린 미키의 손 언저리를 쳐다보며 쿄코가 물었다.

"아빠 발에서 좋은 냄새가 나게 해 주세요."

미키가 단자쿠에 적은 소원을 씩씩하게 읽자, 쿄코는 자못 우스웠는지 "풉." 소리를 내며 웃음을 터뜨렸다. 미키는 씨익 웃고는 카운터 의자에서 훌쩍 내려와 우뚝 서 있는 크리스마스트리로 달려갔다.

미키는 단자쿠에 소원을 적어 크리스마스트리에 매달았는데, 이 모습만 보면 꼭 칠석제(칠석 전후에 이뤄지는 일본의 연례행사로, 오색실과 소원을 적은 종이 등을 대나무에 걸어 둔다) 같았다.

이미 여러 개 매달아 놓은 미키의 단자쿠는 내용이 가지각색이었다. 나가레에 관해 쓴 내용이 가장 많았는데, 발 냄새가 고약하다는 것 말고도 "키가 작아지게 해 주세요.", "삐치지 않게 해 주세요." 등을 적은 탓에 그때마다 쿄코는 웃음을 참아야 했다.

이 가게에서도 예년 같으면 단자쿠에 소원을 적어 크리스마스트리에 매달지 않았을 것이다. 미키가 이제 막 배운 글씨 쓰기 연습을 하고 있었는데, 그 모습을 본 쿄코가 "이왕이면 소원을 적어서 걸어 보면 어때?" 하고 제안한 것이 계기였다.

평소에 잘 웃지 않는 카즈도 이때만큼은 너무 웃겼는지, 웬일로 쿡쿡 소리를 내며 웃고 있었다. 예의 그 자리에 앉아 있는 과거에서 온 카츠키라는 남자도 그 광경을 웃는 얼굴로 바라보았다.

"바보 같은 거 쓰지 말라니까!"

넌더리를 내는 말투로 나가레가 사방 20cm 크기의 상자를 들고 주방에서 나타났다. 내용물은 쿄코가 부탁한 나가레의 수제 크리스마스 케이크였다.

미키는 나가레에게도 씨익 웃음을 지은 후 트리에 매달은 단자쿠를 향해 손뼉을 탁탁 마주치고 고개 숙여 절했다. 이쯤 되니 크리스마스인지, 칠석제인지, 신사 참배인지 아리송해졌다.

"음, 다음은……."

더구나 미키는 멈추지 않을 기세였다.

"에휴……."

나가레는 한숨을 내쉬며 손잡이가 달린 종이봉투에 케

이크 상자를 담았다.

"이건 키누요 씨한테······."

그러고는 작은 종이봉투에 든 테이크아웃 커피 한 잔을 함께 건넸다.

"아······."

쿄코의 입에서 무심코 외마디가 흘러나왔다.

올여름의 끝자락에 타계한 쿄코의 모친 키누요는 나가레가 내리는 커피를 좋아해서 입원 중에도 매일 마시곤 했다.

"고마워."

쿄코는 눈물을 글썽이며 중얼거렸다. 부탁하지도 않았는데 키누요가 좋아했던 커피를 함께 챙겨 준 나가레의 세심함에 감동한 것이다.

고인을 애도한다는 것은 그 사람을 잊지 않겠다는 뜻이다. 어쩌면 케이가 남긴 이 커다란 크리스마스트리에도 자신을 잊지 않았으면 하는 바람과 함께, 자신이 언제나 지켜주겠다는 마음이 담겨 있으리라. 종교관을 철저히 무시한 크리스마스트리였지만, 미키가 즐거워한다면 케이도 틀림없이 만족스러워할 것이다.

"얼마였지?"

"음, 이천삼백육십 엔입니다."

눈물을 훔치며 묻는 쿄코에게 나가레는 쑥스러운 듯이 가느다란 눈을 더욱 가늘게 뜨며 조용히 대답했다.

"여기."

쿄코는 지갑에서 오천 엔짜리 지폐와 동전 삼백육십 엔을 꺼냈다. 나가레는 돈을 받으며 덜컹덜컹 계산대를 두드렸다.

"그러고 보니……."

나가레가 손을 멈추고 물었다.

"돌아오기로 했죠? 유키오 군……, 이었나요?"

유키오는 도예가가 되기 위해 교토로 내려갔던 쿄코의 남동생이었다.

"응. 이래저래 힘들긴 했지만, 일자리도 정해졌거든."

30대 후반까지 오로지 도예만을 바라보며 살아온 유키오는 변변한 자격증도 하나 없어 일자리를 찾기가 쉽지 않았다. 그러나 헬로 워크(일본의 공공 직업 안내소)를 들락거리며 직종을 가리지 않고 찾아다닌 끝에, 열두 번째 지원 회사였던 작은 양식기(洋食器)를 다루는 회사에 취직이 되었다.

도쿄로 돌아오는 이유도 회사 기숙사에 들어가기로 결정됐기 때문이다. 유키오는 제2의 인생에 발을 내딛고 있었다.

"축하드려요."

나가레가 인사하며 쿄코에게 거스름돈을 건네자 나가레의 뒤에서 대화를 듣고 있던 카즈도 고개를 가볍게 숙였다.

그러나 쿄코는 표정에 옅은 그늘을 드리우고 거스름돈을 꼭 쥔 채 원피스를 입은 여자를 바라보며 조용히 한숨을 쉬었다.

"설마 그 애가 자살까지 생각하고 있을 줄은 꿈에도 몰랐어……."

쿄코가 중얼거렸다.

"정말 고마워."

그러고는 머리를 깊이 숙였다.

"아니에요."

카즈의 얼굴은 여느 때와 다름없이 태연해서 쿄코의 마음이 얼마만큼 전해졌는지는 알 수 없었으나, 쿄코는 만족스럽게 고개를 끄덕였다.

"완성!"

단자쿠에 또 다른 소원을 적고 있던 미키가 씩씩하게 소리쳤다.

"이번에는 무슨 소원이야?"

쿄코가 재빨리 물었다.

"아빠가 행복해지게 해 주세요."

미키는 쩌렁쩌렁하게 외치며 배시시 미소를 지었다.

미키가 자신이 쓴 소원의 의미를 얼마나 이해하고 있는지는 알 수 없다. 단지 어디선가 배운 '행복'이라는 단어를 써 보고 싶었을 뿐인지도 모른다.

"바보 같은 녀석."

그 말을 들은 나가레는 겸연쩍게 중얼거리더니 이내 주방으로 모습을 감췄다.

"미키네 아빠는 행복하대."

쿄코는 카즈와 얼굴을 마주 보며 쿡쿡 웃고는 미키에게 그 말을 남긴 후 찻집을 나갔다. 미키는 방긋 웃었지만, 무슨 뜻인지 이해하지는 못했을 터였다.

딸그랑딸그랑.

미키는 신나게 캐럴을 부르며 방금 쓴 단자쿠를 트리에 매달았다.

주방 안쪽에서 나가레의 코를 푸는 소리가 팽 하고 들려왔다.

"다 썼어요?"

미키는 예의 그 자리에 앉아 있는 카츠키에게 걸어가서 테이블 위를 쳐다보았다. 카츠키의 앞에는 미키가 썼던 것과 똑같은 단자쿠와 펜이 놓여 있었다. 미키가 카츠키에게도 소원을 적으라고 준 것이다.

"아, 미안. 아직 못 썼어……."

"아무거나 써도 돼요."

급히 펜을 쥐는 카츠키에게 미키가 조언을 했다.

카츠키는 잠시 생각에 잠긴 듯 천장에서 돌아가는 실링팬을 바라보다가 단자쿠에 무언가 거침없이 써 내려가기 시작했다.

"후미코 씨한테 다시 한번 연락해 볼까요?"

콧등이 벌게진 나가레가 주방에서 얼굴을 내밀고 카츠키에게 물었다.

후미코는 7년 전 이 찻집에서 과거로 돌아갔던 손님으

로, 지금도 가끔 얼굴을 비추곤 했다.

"약속을 어길 사람은 아닌데."

나가레는 팔짱을 끼면서 크게 한숨을 내쉬었다. 몇 분 전에도 후미코의 휴대폰으로 전화를 걸었으나, 발신음은 울렸지만 받지는 않았다.

"신경 써 주셔서 감사합니다."

카츠키는 나가레의 배려에 고개 숙여 인사했다.

"후미코 언니 기다리는 거예요?"

어느새 카츠키의 맞은편 의자에 자리 잡은 미키가 카츠키의 얼굴을 빤히 바라보며 물었다.

"아, 아니, 기요카와 선배가 아니라……."

"기요카와 선배가 누구예요?"

"기요카와는 선배의 성(姓)인데……, 아, 성이라는 게 뭔지는 아니?"

"미키, 성이 뭔지 알아요! 이름 앞에 쓰는 거잖아요?"

"맞아, 맞아. 그거야! 잘 아는구나. 정말 대단하다!"

카츠키가 마치 퀴즈의 정답자인 양 치켜세우자 미키는 기분이 좋아졌는지 자랑스럽게 브이 사인을 그렸다.

"근데 후미코 언니의 성은 다카가인데! 다카가 후미코, 맞지?"

미키가 카운터 안에 있는 카즈에게 확인했다. 카즈는 살갑게 미소를 지었으나 나가레가 뒤에서 끼어들었다.

"가타다야! 가타다! 다카가 후미코라고 하면 혼날지도 모른다?"

미키는 '다카가(たかが, '고작', '별것 아닌'이라는 뜻)'와 '가타다'의 차이를 모르는지, '우리 아빠가 무슨 소리를 하는 걸까?' 싶은 얼굴로 고개를 갸우뚱했다.

"……아."

가타다라는 성에 짐작 가는 것이 있었는지 카츠키는 저도 모르게 몸을 앞으로 내밀었는데, 흥분한 나머지 하마터면 자리에서 일어날 뻔했다.

"선배 결혼하셨군요."

"아, 네."

"그랬구나, 잘됐네요!"

후미코의 남편 될 사람이 독일로 전근을 가는 통에 결혼이 연기되었다는 것을 알고 있던 카츠키는 후미코가 무사히 결혼했다는 소식을 듣자 자기 일처럼 기뻐했다.

후미코가 과거로 돌아간 이유는 당시 교제하던 가타다 고로라는 남자와의 이별 때문이었다. 고로는 오랫동안 동경했던 미국의 TIP·G라는 게임 회사에 보란 듯이 취직하여 미국으로 건너갔다. 후미코는 현실을 바꿀 수 없다는 것을 알면서도 과거로 돌아갔으나, 그곳에서 고로에게 3년만 기다려 달라는 말을 들었다.

고로의 말은 3년 후 결혼하자는 의미를 암시했다. 그러나 3년 후 미국에서 돌아온 고로는 곧바로 독일로 전근을 가게 되었다. 두 사람의 결혼은 연기되었지만, 우여곡절 끝에 후미코는 작년부터 정식으로 '가타다'라는 성을 쓰게 되었다.

하지만 카츠키의 반응과는 반대로 나가레의 표정은 복잡하게 그늘졌다.

커피의 온기는 한없이 지속되지 않는다.

"그리고 보니, 조금 전에 기다리시는 분이 후미코 씨가 아니라고 하셨죠?"

나가레는 미키가 후미코의 성을 틀리게 말하는 바람에 흐지부지 넘어갔던 이야기를 떠올리고는 다시 물었다.

"아, 네."

"그럼 대체 누굴 기다리시는 건가요?"

"…… 모리 아사미라는 여자 동료입니다."

카츠키는 머뭇거리며 대답했다.

"기요카와 선배한테 여기로 데려와 달라고 부탁드렸거든요."

카츠키는 아무도 들어오지 않는 입구로 시선을 던졌다.

카츠키가 과거에서 만나러 온 사람은 모리 아사미라는 후미코의 후배였다. 카츠키와 아사미는 입사 동기였다. 카츠키는 영업부, 아사미는 후미코가 있는 개발부에 소속되었다.

동료인 아사미에게 무슨 볼일이 있어 과거에서 만나러 왔는지는 모른다. 나가레도 그 이상은 물어볼 생각이 없는 듯했다.

"그렇군요……. 빨리 오셨으면 좋겠네요."

나가레가 중얼거렸다.

"오지 않으면 오지 않는 대로 괜찮습니다."

카츠키는 살며시 미소를 지으며 대답했다.

"그게 무슨 뜻이죠?"

"결혼 약속은 했지만, 아마 지키지 못했을 거라 생각하니까요……."

나가레의 질문에 힘없이 대답한 카츠키는 어색하게 고개를 떨어뜨렸다.

'헤어진 여자 친구가 걱정돼서 만나러 온 건가.'

침울해진 카츠키의 표정을 보고 나가레도 사정을 대충 파악한 모양이었다.

"그렇군요."

나가레는 더 이상 아무 말도 하지 않았다.

"하지만 기요카와 선배가 결혼했다는 소식을 들은 것만으로도 미래에 온 보람이 있었습니다. 정말, 정말로 잘됐어요."

카츠키는 환하게 웃었다. 거짓이 아닌, 진심으로 기뻐하는 표정이었다.

"후미코 언니, 왜 이름 바꿨어?"

카츠키의 맞은편 자리에서 턱을 괴고 두 사람의 대화를 듣고 있던 미키가 나가레에게 물었다.

"결혼하면 바뀌는 거야."

나가레는 매일같이 날아드는 미키의 질문이 귀찮았는지 퉁명스럽게 대꾸했다.

"뭐? 미키도? 미키도 결혼하면 이름 바뀌는 거야?"

"결혼하면."

"아, 싫은데!"

"아직 한참 멀었는데 뭘 벌써부터 걱정하니, 넌······."

나가레가 긴 한숨을 내쉬었다.

"응? 그럼? 사부님도?"

미키의 시선이 카즈에게로 홱 돌아갔다.

요즘 미키는 카즈를 '사부님'이라고 불렀다. 왜 갑자기 '사부님'이라고 부르기 시작했는지는 불분명하나, 며칠 전까지는 '누님'이었다. 그 전에는 '카즈 언니', 그 전에는 '카즈짱'이었으니, 미키의 안에서 조금씩 지위가 올라가고 있는 셈이었다.

"사부님도 결혼하면 이름 바뀌어?"

"결혼하면."

사부를 상대로 반말을 하는데도 카즈의 대응은 평소와 다름이 없었다. 그저 태연한 얼굴로 일손을 움직이며 대답했다.

"그렇구나!"

무엇을 이해했는지는 알 수 없지만, 미키는 고개를 크게 끄덕이고는 카운터 자리로 돌아가서 다시 단자쿠에 소원을 쓰기 시작했다.

따르르릉, 따르르릉…….

안쪽 방에서 전화가 울렸다. 카즈가 가려는 걸 나가레가 막더니 자신이 안쪽 방으로 들어갔다.

따르릉······.

카츠키는 테이블 위로 시선을 떨어뜨리고 자신이 쓴 단자쿠의 글씨를 쳐다보았다.

☕

모리 아사미는 카츠키보다 두 살 아래지만, 입사 동기라 카츠키에게 존댓말을 쓴 적은 없었다. 성실하고 항상 웃는 인상의 아사미는 사내에서도 인기가 많았다.

같은 부서의 후미코도 미인이라 인기가 많았으나, 후미코는 일에 몰입하면 '괴물'이라고 불리는 탓에 아사미는 업무 마감 전의 살벌한 분위기를 누그러뜨리는 존재가 되었다.

카츠키와 아사미는 입사 동기들과 자주 회식을 했다. 그런 회식 자리에서는 업무와 관련된 불만이 쏟아지기 마련이나, 카츠키는 한 번도 회사와 상사를 나쁘게 말한 적이 없었다. 오히려 까다롭고 곤란한 일을 솔선해서 맡는 긍정적인 성격이었다.

아사미는 그런 카츠키를 두고 '초긍정 사나이'라고 평가했지만, 입사 당시에는 사귀던 애인이 있어 카츠키를 남자로서 의식하지는 않았다.

그러다 두 사람의 거리가 가까워진 것은 아사미가 헤어진 애인과의 사이에서 생긴 아이를 유산했다는 이야기를 털어놓으면서부터였다. 물론 임신 사실을 안 것은 헤어진 다음이었고, 헤어진 충격 때문에 유산을 한 것도 아니었다. 아사미는 원래 쉽게 유산되는 체질이었다.

그러나 사정이 어떻든 간에 임신 사실을 알게 된 아사미는 혼자서라도 아기를 낳아 기를 작정이었다. 하지만 검사 결과 자신의 체질 때문에 유산되었다는 이야기를 들은 아사미의 충격은 이루 말할 수 없었다. 자신이 아기를 죽였다는 생각에 사로잡혔다.

아사미는 이대로는 안 되겠다는 생각에 직장 밖의 친한 여자 친구들, 부모님과 언니에게 고민을 털어놓았지만, 아사미의 슬픔을 공감해 줄지언정 마음의 짐이 덜어질 만한 이야기를 해 주는 사람은 없었다.

그러던 중 "무슨 고민 있어?" 하며 다가와 준 사람이 카츠키였다.

아사미는 카츠키가 남자라서 유산이라는 여자의 민감한 부분은 이해하지 못하리라 생각했다. 그러나 한편으로는 누구라도 좋으니 얘기를 들어 주었으면 하는 마음도 있었다.

이 얘기를 하면 여자 친구들은 함께 울어 주었고, 부모님은 "네 잘못이 아니야."라고 위로해 주었다. 아사미는 카츠키도 으레 비슷한 동정과 위로의 말을 건네리라 예상하며 솔직한 심정을 털어놓았다.

그러나 카츠키는 아사미의 이야기가 끝나자마자 아기가 배 속에 있던 기간이 며칠이었는지를 물었다. 아사미는 10주, 약 70일이었노라고 대답했다.

"그럼, 그 70일 동안 배 속의 아이는 대체 뭘 하기 위해 생명을 얻고 이 세상에 내려왔을까?"

카츠키가 물었다. 아사미는 그 질문을 듣고 입술이 떨릴 정도의 분노를 느꼈다.

"뭘 하기 위해 생명을 얻었냐고……?"

아사미는 새빨개진 눈으로 흐느끼며 반박했다.

"지금 내 잘못이라는 거야?"

아사미는 아이를 낳지 못한 것은 자기 탓이라고 생각했다. 하지만 아무런 상관도 없는 사람에게 그런 말을 듣자, 슬프고 절망적인 기분이 들어 저도 모르게 공격적으로 반응했다.

"그게 아니야."

카츠키는 아사미가 무슨 말을 하려는지 이해한 듯 부드러운 미소를 지으며 대답했다.

"아니긴 뭐가 아니야? 배 속의 아이는 아무것도 하지 못했어! 이 세상에 태어날 수조차 없었다고! 나 때문에! 나는 그 아이에게 70일이란 생명밖에 주지 못했어! 겨우 70일밖에……."

아사미는 그렇게 말한 후 갑자기 어깨를 축 늘어뜨리더니, 이제 더 이상 존재하지 않는 배 속의 아이를 향해 "미안해, 미안해……."라며 사죄했다.

카츠키는 차분한 표정으로 이성을 잃은 아사미가 울음을 그칠 때까지 기다렸다가 입을 열었다.

"그 아이는 말이야, 70일이라는 생명을 써서 아사미를 행복하게 하려고 했던 거야."

그 말은 다정하고, 망설임이 없고, 확신에 차 있었다.

"만약 네가 이 일로 불행해진다면, 그 아이는 70일이라는 생명을 써서 널 불행하게 만든 셈이나 마찬가지야."

카츠키의 말은 동정이 아니었다. 아사미에게 일어난 불행한 사건을 어떻게 받아들여야 하는지 구체적으로 제시한 것이다.

"하지만 네가 앞으로 행복해진다면, 그 아이는 널 행복하게 하려고 70일이라는 생명을 쓴 게 돼. 그때 비로소 그 생명에 의미가 생기지 않을까? 그 아이가 살아 있던 의미를 만드는 사람은 바로 너야. 그러니까 넌 반드시 행복해져야 해. 네 행복을 가장 바라는 건 그 아이라고……."

"아……."

카츠키의 말을 듣고 아사미의 입에서 작은 탄식이 흘러나왔다. 아사미의 마음을 무겁게 짓누르던 죄책감이 순식간에 사라지는 동시에, 두 눈에 비치는 모든 사물에서 빛이 났다.

'내가 행복해지면 그 아이가 살아 있던 의미가 생긴다.'

명쾌한 답변이었다.

아사미는 쏟아지는 눈물을 참을 수 없었다. 고개를 들고 엉엉 소리 높여 울었다. 슬픔의 눈물이 아니었다. 그것은 절망의 늪에서 단숨에 최고의 행복을 맛보게 된 기쁨의 눈물이었다.

그리고 아사미에게 카츠키가 더 이상 '초긍정 사나이'가 아니게 된 순간이었다.

☕

"카츠키……, 씨?"

정신을 차려 보니 나가레가 무선 전화기를 들고 옆에 서 있었다.

"아, 네."

"후미코 씨 전화예요."

"……고맙습니다."

카츠키는 나가레가 건넨 수화기를 들고 전화를 받았다.

"저, 카츠키예요."

오지 않으면 오지 않는 대로 괜찮다고 말한 카츠키였지만, 후미코의 전화에 긴장했는지 표정이 조금 굳어졌다.

"아, 네……. 아, 그런가요? 역시……. 아, 아니에요. 별말씀을……. 고맙습니다."

전화 내용은 짐작할 수 없었으나 카츠키의 모습이 침울해 보이지는 않았다. 마치 눈앞에 후미코가 있는 것처럼 시선을 똑바로 향한 채 가슴을 펴고 있었다. 당당한 태도였다. 그런 카츠키를 오히려 나가레가 걱정스럽게 쳐다보았다.

"아니에요. 선배한테 폐만 끼쳤네요……. 정말 괜찮습니다……. 고맙습니다."

카츠키가 머리를 조아렸다.

"네……, 네……. 아, 이제 슬슬 커피도 식을 것 같아서요……. 네……."

나가레는 가운데 괘종시계를 힐끔 쳐다보았다.

이 찻집에는 골동품 수준의 낡은 앤티크 괘종시계가 세 개 있었다. 가운데 괘종시계만 정확한 시각을 가리키고, 양옆의 두 개는 빠르거나 느렸다. 따라서 나가레와 카즈, 이 찻집의 단골손님은 시간을 확인할 때 항상 가운데 괘종시계를 보았다.

나가레는 후미코와 카츠키의 통화 내용을 듣건대, 아무래도 카츠키가 기다리는 아사미라는 여자는 이 찻집에 나타나지 않을 모양이라고 생각했다.

"네, 네······."

카츠키는 잔에 손을 얹어 커피 온도를 확인했다. 커피는 이미 미지근했다.

'슬슬 가야겠군······.'

카츠키는 깊이 심호흡을 하고 천천히 눈을 감았다. 카즈의 시선이 그런 카츠키의 모습을 포착했으나, 그렇다고 무슨 행동을 취하는 것은 아니었다.

"그러고 보니, 선배 결혼하셨죠? 정말 축하드려요. 네, 이쪽 분한테. 네······. 아뇨, 그 얘길 들은 것만으로도 충분해요."

카츠키의 말에서 거짓은 느껴지지 않았다. 떨어진 장소에 있는 후미코를 향해 밝게 웃고 있었다.

"······네, 그럼."

카츠키는 천천히 전화를 끊었다. 카츠키가 앉아 있는 테이블 옆으로 나가레가 조용히 다가갔다.

"그만 가 보겠습니다."

카츠키는 나가레에게 수화기를 건네고 힘없이 속삭였다. 얼굴은 웃고 있었지만, 목소리는 사그라질 듯했다. 역시나 미래까지 왔는데 아사미를 만나지 못한 것이 아쉬운 눈치였다.

"괜찮으십니까?"

카츠키의 표정을 보고 나가레가 물었다.

나가레도 달리 방법이 없다는 것은 알고 있었다. 그런데도 말을 건네지 않을 수 없었다. 나가레는 가만히 있지 못하고 괜히 받아 든 수화기의 버튼만 눌러 댔다. 카츠키는 그런 나가레의 마음을 알아챘는지 웃는 얼굴로 입을 열었다.

"네, 감사합니다."

나가레는 천천히 고개를 들더니 수화기를 가지고 안쪽 방으로 들어가 버렸다.

"이거, 매달아 줄 수 있니?"

카츠키는 우두커니 자신을 쳐다보고 있는 미키에게 조금 전 소원을 적은 단자쿠를 내밀었다.

"알겠어요!"

미키는 자리에서 일어나지 못하는 카츠키를 위해 테이블 옆으로 총총 걸어가서 단자쿠를 건네받았다.

"감사했습니다."

카츠키는 카운터 안의 카즈에게 인사하고는 눈앞의 커피 잔을 집어 들었다.

2년 반 전 여름…….

급성 골수성 백혈병이 발병한 카츠키는 치료 여하에 따라 살 수도 있지만, 손쓰지 않으면 여명은 6개월이라는 선고를 받았다. 아사미와 교제한 지 2년째 되던 여름의 일이었다.

남몰래 결혼반지도 준비하며 프러포즈를 계획했던 무렵이었다. 그러나 카츠키는 포기하지 않았다. 가능성을 믿고 주저 없이 치료를 시작했다. 그리고 아사미에게는 비밀에 부친 채 이번 계획을 실행하기로 했다.

이 찻집에서는 과거로 돌아갈 수 있을 뿐 아니라 미래로도 갈 수 있다는 이야기를 후미코에게 들어서 이미 알고 있었다. 그러나 막상 자신의 계획을 실행하려니, 후미코에게 얻은 정보만으로는 불안했다. 그래서 카츠키는 이 찻집에 와서 자신의 계획이 실행 가능한지 직접 물어보기로 했다.

이곳에는 후미코를 따라 두어 번 온 적이 있어서 헤매진 않았다. 하지만 날씨 예보대로 저녁부터 집중 호우가 쏟아졌다. 카츠키는 우산을 썼는데도 허리 밑으로 홀딱 젖은 채 찻집에 들어섰다.

비 때문인지 가게 안에는 웨이트리스 카즈와 원피스를 입은 여자뿐이었다.

카츠키는 인사도 하는 둥 마는 둥 하고 곧바로 카즈에게 자신의 계획을 털어놓았다.

"실은 미래로 가고 싶어서 왔습니다. 저 자리에 앉으면 미래로도 갈 수 있다는 얘기를 기요카와 선배에게 들었는데……."

카츠키는 원피스를 입은 여자가 앉아 있는 자리를 쳐다보며 서론을 꺼낸 뒤, 후미코에게 들은 이 찻집의 규칙을 메모해 둔 수첩을 꺼내 질문하기 시작했다.

"과거로 돌아갈 때 이 찻집을 방문한 적이 없는 사람은 만날 수가 없다고 하던데, 그렇다면 미래로 가는 경우에도 만나고 싶은 상대가 찻집에 오지 않으면 못 만나는 건가요?"

"맞습니다."

수첩을 노려본 채 진지하게 물어보는 카츠키에게 카즈는 일손을 놀리며 태연한 얼굴로 대답했다.

그 후 카츠키는 원피스를 입은 여자가 하루에 한 번 반드시 화장실에 간다는 것과 미래로 가도 자리에서 일어날 수 없다는 사실을 확인했다.

"커피가 식을 때까지 걸리는 시간은 누구에게나 똑같은가요? 아니면 상황에 따라 길어지기도 하고 짧아지기도 하나요?"

상당히 예리한 질문이었다. 만약 커피가 식을 때까지 걸리는 시간이 모두 똑같다면, 한 번 과거로 가 본 적 있는 후미코에게 확인해서 그 시간을 대략 가늠할 수 있다. 혹 다르다면, 최악의 경우 후미코가 알려준 시간보다 짧아질지도 모른다.

과거로 돌아갈 때는 만나고 싶은 사람이 이 찻집을 방문한 시간이 명확하기 때문에, 그 시간을 정확하게 짚어서 떠날 수 있다. 설령 짧은 순간이더라도 만나는 건 가능하다.

하지만 미래는 그렇지 않다. 약속을 했더라도 예기치 못한 상황에 의해 그 시간에 올 수 있을지는 불분명하다. 어쩌면 몇 초만 늦어도 만나지 못할 가능성이 있다.

그러므로 이 시간 차는 상당히 중요한 열쇠였다.

"모릅니다."

카츠키는 숨을 멈춘 채 카즈의 대답을 기다렸으나 돌아온 답변은 야속했다.

"그렇군요."

카츠키는 예상했던 답변이라는 듯 낙담하는 기색도 없이 대답했다.

그리고 카츠키는 마지막으로 질문했다.

"과거로 돌아가서 어떠한 노력을 하더라도 현실은 바뀌지 않는다고 들었습니다만, 이 말은 미래로 가서 벌어진 사건에도 적용된다고 해석해도 상관없나요?"

이 질문에는 카즈도 잠시 일손을 멈추고 조금 생각한 뒤에 대답했다.

"상관없을 듯합니다."

카즈는 카츠키의 의도를 짐작하고 답변했을 테지만, 카즈의 답변치고는 애매했다. 그도 그럴 것이 지금까지 아무도 묻지 않은 질문이었기 때문이다.

카츠키는 '과거로 돌아가서 어떠한 노력을 할지언정 현실은 바뀌지 않는다.'라는 규칙이 미래에도 그대로 적용된다면……,

'미래로 가서 만나지 못하면 앞으로 아무리 애를 써도

그 미래는 바꿀 수 없다. 반대로, 미래로 갔을 때 만남이 이뤄진 경우에는 앞으로 무슨 일이 생기든 반드시 미래에 만날 수 있다.'

…… 라고 생각한 것이다.

카츠키가 가장 확인하고 싶었던 것은 바로 이 규칙이었다.

우연을 기대하며 미래로 가는 행위는 대단히 무모하다. 아사미가 이 찻집의 단골손님이라면 우연한 만남도 기대할 수 있다. 하지만 그렇지 않았다. 카츠키는 자신이 찾아갈 미래에 아사미가 이 찻집으로 오게끔 만반의 준비를 할 작정이었다.

만약 미래를 바꿀 수 있다면 지금 미래로 가서 만나지 못한다고 하더라도, 돌아온 다음 만날 수 있도록 노력하면 그만이다. 설령 이번에는 만나지 못했더라도 미래에는 만나게 될지도 모르기 때문이다.

하나, 그렇지 않았다.

시간을 이동한 곳에서 일어난 현실을 바꾸는 것은 불가능하다.

이것은 새로운 규칙이 아니었다. 미래로 가려는 카츠키만이 깨달은 '과거로 돌아가서 어떠한 노력을 할지언정 현실은 바뀌지 않는다.'라는 규칙의 한 측면이었다.

"음……."

카츠키는 잠시 생각하듯 신음을 내더니 카즈에게 고개 숙여 인사했다.

"알겠습니다. 고맙습니다."

"오늘은 어떻게 하시겠어요?"

카즈가 물었다.

"오늘은 이만 돌아가겠습니다."

카츠키는 질컥질컥 소리 나는 구둣발로 찻집을 떠났다.

카츠키는 미래로 갔을 때 아사미를 만나기 위해 후미코에게 도움을 요청하기로 했다.

후미코는 이 찻집의 단골이기도 하거니와 아사미와도 가까운 사이였다. 그리고 무엇보다 시스템 엔지니어로서의 실력으로 미루어 보아 후미코 만한 적임자는 없다고 확신했다.

카츠키는 고민거리가 있다고 후미코를 불러내서는 이야기를 꺼냈다.

"아마도 6개월 후면 전 이 세상에 없을 것 같아요."

깜짝 놀라는 후미코에게 카츠키는 진단서를 보여주며 의사의 견해를 설명했다. 일주일 후에는 입원하게 된다는 말도 덧붙였다.

역시 후미코도 말문을 잃었으나, 카츠키의 진지한 모습을 보고 각오를 다진 모양이었다.

"내가 뭘 하면 될까?"

"이건 기요카와 선배가 아니면 누구에게도 부탁할 수 없는 일이에요."

카츠키는 이렇게 운을 뗐다.

"전 그 찻집에서 2년 후 미래로 가려고 해요. 2년 후, 만약 제가 죽었다면 아사미를 그곳으로 데리고 와 주실 수 있을까요?"

후미코는 카츠키의 '죽었다면'이라는 말을 듣고 복잡한 표정을 지었다.

"단, 아사미를 데리고 오지 않아도 될 조건이 두 가지 있어요."

"데리고 오지 않아도 된다니, 그게 무슨 말이야?"

후미코는 노골적으로 의심스러운 표정을 드러냈다. 2년 후에 아사미를 데리고 와 달라는 부탁을 해 놓고는, 이번에는 데리고 오지 않아도 될 조건이 있다는 카츠키의 의도를 이해할 수 없었다.

그러나 카츠키는 개의치 않고 그 조건을 설명했다.

"우선, 다행히 제가 죽지 않았다면 데리고 오지 않으셔도 돼요."

후미코는 이건 당연하다고 생각했다. 오히려 가장 이상적인 상황이었다. 하지만 두 번째 조건을 듣고 나서 후미코는 할 말을 잃었다.

"제가 죽은 후에 아사미가 결혼해서 행복하게 살고 있다면, 역시 데리고 오지 않으셔도 됩니다."

"뭐? 그게 무슨 소리야……."

"미래로 갔을 때 아사미를 만나지 못하면, 아사미가 결혼해서 행복하게 살고 있다고 생각하고 돌아올 겁니다. 하지만 만약 그렇지 않은 경우에는 아사미에게 전해 줄 말이 있어요……. 그러니까……."

카츠키는 자신의 살날이 앞으로 6개월밖에 남지 않았다는 선고를 받고서도, 오로지 아사미의 행복만을 바라고 있었다.

"너란 애는 참……."

카츠키의 계획을 들은 후미코는 눈물을 흘렸다.

마지막으로 카츠키는 이 계획을 아사미에게 얘기할지 말지는 후미코의 뜻에 맡긴다고 말한 후 한마디 덧붙이며 머리를 깊숙이 숙였다.
"선배를 귀찮게 하는 일 없이 끝나는 게 제일 좋겠지만, 만일의 경우에는……, 잘 부탁드려요."

☕

그러나 아사미는 나타나지 않았다. 카츠키가 나직이 한숨을 내쉰 후 손에 든 잔을 입가로 가져간 그때였다.

딸그랑딸그랑.

카우벨 소리가 울리고 잠시 후 뛰어 들어오듯 모습을 드러낸 사람은 남색 더플코트를 입은 아사미였다.
바깥은 눈이 내리기 시작했는지 아사미의 어깨와 머리에 눈이 살포시 쌓여 있었다. 한여름 과거에서 찾아온 반소매 차림의 카츠키와 화이트 크리스마스에 나타난 코트 차림의 아사미가 마주한, 계절감이 엇물린 재회였다.

두 사람은 잠시 말없이 쳐다보다가 카츠키가 어색하게 입을 열었다.

"여어……."

"후미코 선배한테 전부 들었어. 대체 무슨 생각으로 이런 일을 벌이는 거야? 죽은 사람을 만나야 하는 내 입장도 좀 생각하지그래?"

아사미는 가쁜 숨을 고르며 카츠키를 무서운 표정으로 노려본 채 속사포처럼 쏘아 댔다.

아사미의 얼굴을 가만히 보고 있던 카츠키는 난처한지 검지로 이마를 북북 긁으면서 한마디를 중얼거렸다.

"미안."

그러고는 천천히 관찰하듯 아사미를 훑어보았다.

"뭐야?"

아사미가 의심쩍다는 표정으로 물었다.

"……아니야, 아무것도."

카츠키가 대답했다. 그리고 겸연쩍은 듯 중얼거렸다.

"이제 돌아가야겠다."

카츠키가 커피 잔을 입가로 가져간 순간, 아사미가 성큼성큼 걸어오더니 왼손을 휙 들어 올렸다. 그 왼손 약지에는 반지가 반짝반짝 빛나고 있었다.

"나, 분명히 결혼했어."

아사미는 카츠키의 눈을 똑바로 바라보며 선언했다. 단호하고 강한 말투였다.

"그래."

카츠키의 눈이 순식간에 붉어졌다. 아사미는 그런 카츠키의 얼굴에서 시선을 돌리고는 한숨을 내쉬었다.

"카츠키, 네가 죽은 지도 벌써 2년이야. 후미코 선배까지 끌어들이고 도대체 무슨 생각이야? 걱정도 팔자라고."

아사미의 입에서 비난 섞인 목소리가 흘러나왔다.

"그래, 내가 괜한 걱정을 했나 보다······."

카츠키는 기쁜 듯이 쓴웃음을 지었다.

아사미가 무슨 생각으로 이곳에 왔는지는 짐작할 수 없었지만, 아사미가 결혼했다는 얘기를 들은 것만으로도 카츠키는 만족했다.

"나, 갈게."

카츠키는 과거로 돌아가면 반년 후 세상을 떠난다. 미래로 왔지만, 카츠키가 죽는다는 사실에는 변함이 없다. 아사미도 "2년 전에 죽었다."라고 분명히 말했다. 그러나 카츠키의 표정은 조금도 그늘지지 않았다. 후련하고 행복에 가득 찬 얼굴이었다.

카츠키의 마음을 알 길 없는 아사미는 팔짱을 낀 채 딴 곳만 쳐다보고 있었다.

"그럼……."

카츠키는 단숨에 커피를 들이마셨다. 그 순간, 아찔하게 현기증이 일면서 카츠키의 주변 풍경이 출렁출렁 흔들리기 시작했다. 커피 잔을 받침에 내려놓자 카츠키의 손이 서서히 기체로 변해 갔다.

"카츠키!"

카츠키의 몸이 공중으로 붕 떠올랐을 때 아사미가 소리쳤다. 카츠키의 의식은 몽롱해지고 주변의 풍경은 위에서 아래로 흘러갔다.

"와 줘서, 고마……."

카츠키의 말은 중간에 끊어져 천장으로 빨려 들어가듯 사라졌다.

어느새 카츠키가 앉아 있던 자리에서는 신기루처럼 원피스를 입은 여자가 나타났다.

아사미는 카츠키가 사라진 허공을 바라보며 우두커니 서 있었다.

딸그랑……, 딸그랑…….

찻집 입구에서 카우벨 소리가 희미하게 들려왔다.
들어온 사람은 다운재킷을 입고 양털 부츠를 신은 겨울 복장의 후미코였다.
후미코는 두 사람의 대화가 끝날 때까지 문을 반쯤 열고 안에서 새어 나오는 목소리를 엿듣고 있었다.
"아사미……."
후미코는 아사미에게 천천히 다가가서 나지막이 이름을 불렀다.

☕

카츠키가 후미코에게 제시한 '아사미를 데리고 오지 않아도 될 조건'은 두 가지였다.

하나, 카츠키가 죽지 않았을 경우.
둘, 카츠키가 죽은 후 아사미가 결혼해서 행복하게 살고 있을 경우.

그러나 카츠키가 죽은 후, 후미코는 아사미에게 이 말을 언제 전해야 할지 직전까지 고민했다.

'아사미가 결혼해서 행복하게 살고 있다면 데리고 오지 않아도 된다.'

후미코는 이 조건을 이런 뜻으로 해석했다.

'카츠키에 대한 미련 때문에 아사미가 결혼하지 못하고 있다면 데리고 와 달라.'

하지만 아사미가 카츠키를 잊기 위해 노력하고 있는데, 결혼하지 않았다는 이유만으로 카츠키와 만나게 하고 싶지는 않았다.

죽은 사람이 만나러 오는 것이다. 보통 일이 아니었다. 자칫하면 아사미의 앞으로의 인생을 망가뜨릴 수도 있었다. 후미코는 고민에 고민을 거듭했으나 해결책을 찾기는커녕 아사미의 마음도 헤아리지 못한 채 2년이라는 시간을 흘려보냈다.

한편, 아사미는 카츠키가 죽은 후 한동안 슬픔에 잠겨 있었으나, 6개월이 지나자 평범한 일상으로 돌아갔다. 후미코가 보기에는 카츠키의 죽음으로 힘들어하는 것 같지는 않았다.

그런 만큼 약속한 날 아사미를 데리고 가야 할지 판단하기가 어려웠다. 결혼하지는 않았지만, 결혼만이 행복을 결정하는 요소는 아니다. 그러나 카츠키가 죽은 후 아사미의 연애 소식은 한 번도 듣지 못했다.

어느새 약속한 날이 일주일 앞으로 다가왔다.

후미코는 고민 끝에 남편 고로에게 상담하기로 했다. 고로는 같은 시스템 엔지니어로서 실력은 본인보다 훨씬 뛰어나지만, 이런 남녀 문제에는 숙맥이라고 생각했다. 하지만 고민이 생기면 부부간에 털어놓기로 했기 때문에 지푸라기라도 잡는 심정으로 이야기를 꺼냈다.

그러자 고로는 진지한 얼굴로 입을 열었다.

"카츠키 씨는 네가 설마 이 일로 고민할 거라고는 생각하지 않았을 거야."

후미코는 고개를 갸우뚱했다. 무슨 뜻인지 이해되지 않았다.

"카츠키 씨는 널 진심으로 신뢰했어."

"근데, 난 어떻게 해야 좋을지……."

"아니, 카츠키 씨는 널 여자로서 신뢰한 게 아니야."

"응? 그게 무슨 말이야?"

"널 시스템 엔지니어로서 신뢰했다고."

그 말을 듣고 후미코는 무심코 "뭐?" 하고 물었다.

"카츠키 씨가 이렇게 말했다며? 아사미 씨를 데리고 오지 않아도 될 조건은 첫째, 자신이 죽지 않았을 경우. 둘째, 자신이 죽은 후 아사미 씨가 결혼해서 행복하게 살고 있을 경우."

"맞아."

"이걸 두 가지 이상의 조건을 충족하지 않을 경우 진행할 수 없는 프로그램이라고 해석하면……."

"그 외에는 진행해도 좋다."

"바로 그거야. 아사미 씨는 행복할지도 모르지만, 결혼은 하지 않았어. 이건 데리고 오지 않아도 될 조건에 해당하지 않지."

"……그렇구나."

"아마 이건 너보다 그녀의 성격을 잘 아는 카츠키 씨가 아사미 씨의 어떠한 트라우마에서 이끌어 낸 절대 조건이라고 생각해."

그 말을 듣고 후미코는 짚이는 구석이 있었다. 아사미의 유산이었다. 후미코는 아사미에게 "아이를 또 잃을지도 모른다고 생각하면 무서워요."라는 말을 들은 적이 있었다.

"반대로, 결혼은 했지만 행복하지 않을 수도 있겠지? 이 경우도 조건을 충족하지 않으니까……."

"알겠어! 고마워!"

후미코는 그 길로 곧장 아사미를 만나러 갔다. 할 일을 깨달으면 즉시 행동으로 옮기는 후미코였다.

약속한 날은 일주일 후인 12월 25일 크리스마스, 저녁 7시.

물론 조건에 관해서는 숨기고 그 시간에 카츠키가 과거에서 찾아올 거라고 말하자, 아사미는 기어들어 가는 목소리로 중얼거렸다.

"알겠어요."

그러나 아사미의 표정은 어두웠다.

카츠키가 오기로 한 당일, 아사미는 연락도 없이 회사에 나오지 않았다.

누가 전화해도 받지 않았다. 회사 동료들은 크리스마스라서 일을 빠졌다고 비아냥거렸지만, 사정을 아는 후미코는 "일하자."라며 동료들을 타일렀다.

아사미도 카츠키를 만나야 할지 말지 고민에 빠져 있는지도 몰랐다.

'오늘 저녁 7시에 그 찻집 앞에서 기다릴게.'

후미코는 메시지만 보내 두었다.

그날 저녁.

역 앞에는 곳곳마다 크리스마스트리가 늘어섰고, 반짝반짝 빛나는 일루미네이션 장식과 캐럴에 둘러싸인 인파로 북적였다.

그러나 이 찻집은 역에서 도보로 10여 분 떨어진 빌딩가 뒷골목에 있어서, 간판에 걸어 둔 자그마한 크리스마스 화환 외에는 평소와 달라진 점이 없었다. 가게 앞은 가로등만 비추고 있을 뿐이라 상당히 어두웠고, 번화한 역 앞과 비교하면 쓸쓸한 분위기를 풍겼다.

"다른 때도 이렇게 어두웠나?"

지상 입구 앞에서 서성이던 후미코는 하얀 입김을 내뿜으며 혼잣말로 중얼거렸다.

저녁 무렵부터 내리기 시작한 눈이 뒷골목으로 팔랑팔랑 날아들었다. 후미코가 쓴 우산에도 흰 눈이 살포시 쌓였다.

후미코는 장갑과 코트의 소매 사이로 시계를 확인했다. 카츠키와 약속한 시간을 조금 넘긴 시각이었다.

그러나 아사미는 나타나지 않았다.

눈 때문에 전철이 지연됐을지도 몰랐다. 도로도 눈이 쌓여 혼잡했다.

여느 때 같으면 로맨틱한 화이트 크리스마스라고 기뻐했을 테지만, 오늘만큼은 눈이 어지간히 민폐를 끼친다고 생각하며 후미코는 눈살을 찌푸렸다.

"아사미……."

후미코는 아사미에게 세 번째로 전화를 걸었으나 역시 받지 않았다.

만나지 않겠다.

그렇게 결정했는지도 몰랐다. 참으로 안타까운 일이지만, 그것이 아사미가 내린 결론이라면 후미코로서도 달리 방법이 없었다.

'좀 더 강제로 데리고 왔어야 했을까.'

미안함과 후회가 교차했다.

'카츠키에게 뭐라고 말하지…….'

후미코는 찻집 앞에 있었으나 차마 지하로 내려갈 수 없어, 전화로 상황을 설명하기로 했다.

"아, 카츠키? ……후미코야. 응. 아사미 말인데, 사실 이 런저런 일이 있어서 카츠키가 오늘 온다는 걸 일주일 전에야 알렸어. 응, 그래. 미안해. 내가 여러모로 생각이 많아서. 아사미가 알겠다고는 했는데……. 응. 응. 응, 그래도 잘 지내. 한 6개월쯤? 우울해했지만, 그래도 카츠키 때문에 힘들어하는 것 같지는 않아. 응. 응. 미안해. 억지로라도 데리고 올 걸 그랬나 싶어서 좀 후회가 되네. 응. ……뭐? 아, 응. 고마워. 아, 맞다. 그랬지. 정말로 미안해. 응, 그럼……."

후미코는 전화를 끊은 후에도 어쩐지 찜찜한 마음이 들어 그 자리에 못 박힌 듯 서 있었다. 눈은 차갑게 소복소복 내리고 있었다.

'돌아가자.'

후미코가 무거운 발길을 한 걸음 내디딘 바로 그때였다.

"선배!"

후미코의 뒤에서 선배라고 부르는 여자의 목소리가 들렸다. 돌아보니 아사미가 숨을 헐떡이며 서 있었다.

"아사미!"

"선배, 카츠키 아직 있어요?"

"모르겠어, 근데……."

후미코는 손목시계를 확인했다. 7시에 딱 맞춰서 왔더라도 모자랄 판에 지금은 7시 8분이었다. 이 찻집에는 커피가 식기 전에 마셔야 한다는 규칙이 있다. 운 좋게 식지 않았더라도 후미코와 통화를 끝내자마자 마셨을 가능성도 있었다. 시간이 없었다.

"가자!"

후미코는 아사미의 등을 떠밀며 계단을 뛰어 내려갔다.

지하 1층.

"선배, 반지 좀 빌려주실래요?"

아사미는 찻집 문 앞까지 가서 후미코에게 부탁했다. 작년에 선물 받은 소중한 반지였다.

'이유는 나중에 묻자.'

후미코는 망설임 없이 네 번째 손가락에서 반지를 빼 아사미에게 건넸다.

"자, 어서!"

"고맙습니다!"

아사미는 고개를 살짝 끄덕인 후 딸그랑딸그랑, 카우벨 소리를 울리며 찻집 안으로 들어갔다.

카츠키가 사라진 허공을 바라보며 아사미는 조용히 한숨을 쉬었다.

"저, 카츠키를 못 잊고 있었어요······. 카츠키가 아닌 다른 사람과는 결혼하지 못할 거라고······."

아사미는 살며시 떨면서 가까스로 말을 짜냈다.

"그랬구나."

후미코는 그런 아사미를 바라보며 대답했으나, 자신이 아사미의 입장이었다면 '아마 나도 똑같았을 거야.'라는 생각 때문에 가슴이 아파서 더 이상 아무 말도 하지 못했다.

"근데 제가 아이를 잃었을 때 카츠키가 해 준 말이 떠올랐어요······."

그 아이는 말이야, 70일이라는 생명을 써서 아사미를 행복하게 하려고 했던 거야.

만약 네가 이 일로 불행해진다면, 그 아이는 70일이라는 생명을 써서 널 불행하게 만든 셈이나 마찬가지야.

하지만 네가 앞으로 행복해진다면, 그 아이는 널 행복하게 하려고 70일이라는 생명을 쓴 게 돼. 그때 비로소 그 생명에 의미가 생기지 않을까? 그 아이가 살아 있던 의미를 만드는 사람은 바로 너야. 그러니까 넌 반드시 행복해져야 해. 네 행복을 가장 바라는 건 그 아이라고……

아사미는 카츠키의 말을 띄엄띄엄 떨리는 목소리로 중얼거렸다.
"그래서 생각했어요. 지금은 아직 결혼할 준비가 안 됐지만, 그래도 꼭 행복해져야겠다고……"
"아사미……"
"제가 행복하면 카츠키도 행복해질 테니까요……"
아사미는 조금 전 빌린 반지를 손에서 빼 후미코에게 내밀었다. 아사미는 자신이 정말 결혼한 것처럼 보이기 위해 후미코의 반지를 빌려 거짓말한 것이었다.

"아사미가 늘 행복하게 해 주세요."

미키가 불쑥 카츠키의 단자쿠를 읽었다.

아사미는 그 단자쿠가 어쩌다가 쓰였는지 알 수 없었으나, 카츠키가 남긴 소원이라는 것을 바로 깨닫고는 눈물을 펑펑 쏟으며 그 자리에 털썩 주저앉았다.

"언니, 괜찮아요?"

미키가 의아하다는 표정으로 아사미의 얼굴을 들여다보았다.

후미코는 아사미의 어깨를 감싸 안고, 카즈는 일손을 멈춘 채 원피스를 입은 여자를 바라보았다.

그날, 나가레는 가게 문을 일찍 닫았다.

집으로 돌아온 후미코는 찻집에서 있었던 일을 고로에게 들려주었다.

"카츠키 씨는 아사미 씨가 거짓말하고 있다는 걸 알았을지도 몰라."

고로는 후미코의 이야기가 끝나자, 사 온 케이크를 상자에서 꺼내며 중얼거렸다.

"뭐? 어떻게?"

후미코가 눈살을 찌푸렸다.

"아사미 씨가 카츠키 씨에게 너한테 전부 들었다고 말했댔지?"

"그, 그런데, 그게 어째서?"

"아사미 씨가 정말 결혼해서 행복하게 살고 있다면, 네가 아사미 씨한테 전부 말할 필요는 없잖아? 데리고 오지 않아도 될 조건이니까."

"아……."

"이해했어?"

"어, 어쩌지? 내가 전부 다 얘기하는 바람에……, 내 잘못이야……."

하얗게 질린 얼굴로 실의에 빠진 후미코를 보며 고로가 키득키득 웃었다.

"왜? 왜 웃는데?"

후미코는 대놓고 심통 난 표정을 지었다.

"미안, 미안."

고로는 얼른 사과했다.

"괜찮아. 설령 거짓말이었더라도 카츠키 씨는 아사미 씨가 결혼해서 행복해지리라는 걸 알고 아무 말 없이 과거로 돌아갔으니까……."

그렇게 말하며 고로는 어수선한 틈을 타서 미리 준비해 둔 크리스마스 선물을 내밀었다.

"네가 경험한 일이잖아?"

"내가?"

"그 자리에 찾아온 아사미 씨가 행복하지 않다는 현실은 카츠키 씨가 아무리 노력해도 바꿀 수 없지만……."

"미래는……."

"그래. 카츠키 씨는 아사미 씨의 거짓말에서 그녀의 마음이 바뀌었다는 걸 깨달았어."

"행복해지겠다는?"

"응. 그래서 아무 말 없이 과거로 돌아간 거야."

"……그런 거구나."

"그러니까 안심해도 돼."

고로는 그렇게 말하며 케이크에 포크를 푹 찔러 넣었다.

"……다행이다."

후미코도 한시름 놓았는지 고로를 따라 케이크를 한입 가득 넣었다.

크리스마스의 밤이 조용히, 조용히 깊어져 갔다.

폐점 후…….

불은 꺼지고 크리스마스트리의 전구만이 가게 안을 비추고 있었다.

마감을 위한 정산 작업을 끝내고 일상적인 옷으로 갈아입은 카즈가 원피스를 입은 여자 앞에 있었다. 특별히 무엇을 하려는 것은 아니었다. 단지 하염없이, 그 자리에 서 있었다.

딸그랑딸그랑…….

"아직 있었어?"

눈 장난을 하다가 지쳐 잠든 미키를 등에 업은 나가레가 카즈에게 물었다.

"……응."

"카츠키 씨 생각하고 있었어?"

카즈는 그 질문엔 대답하지 않고, 다만 나가레의 등에서 새근새근 자고 있는 미키에게로 시선을 돌렸다. 나가레도 더는 묻지 않았다.

"카나메 씨도 같은 마음일 거라고, 생각해······."

나가레는 카즈의 옆을 지나쳐 안쪽 방으로 들어가기 직전에 혼잣말처럼 중얼거렸다.

고요한 가게의 천장으로 우뚝 솟은 크리스마스트리 전구만이 우두커니 서 있는 카즈의 뒷모습을 선명히 비추고 있었다.

카나메가 죽은 남편을 만나러 간 그날, 카나메에게 커피를 따라 준 사람은 당시 일곱 살이던 카즈였다.

그 자리에 함께 있던 나가레는 카나메를 아는 지인이 사정을 묻자 이렇게 조용히 설명했다.

"'커피가 식는다.'는 말을 듣고 카나메 씨는 물처럼 차갑게 식은 상태를 상상했을지도 몰라요. 하지만 체온보다 낮아진 정도를 '식었다.'라고 생각하는 사람도 있지요. 이곳 규칙에 따라 '완전히 식은 상태'가 어느 정도인지는 그 누구도 알 수 없어요. 카나메 씨는 아직 커피가 식지 않았다고 생각한 게 아닐까요······."

하지만 진상은 아무도 모른다.

"카즈의 잘못이 아니야."

다들 어린 카즈에게 그렇게 위로했다. 그러나 카즈의

마음속에서 '엄마에게 커피를 따른 사람은 나…….'라는 사실은 지워지지 않았다.

그리고 그 사실은 시간이 흐를수록 '엄마를 죽인 사람은 나…….'라는 생각으로 바뀌었다.

천진난만했던 카즈의 얼굴에서 웃음이 완전히 사라지고, 몽유병 환자처럼 밤낮없이 떠돌아다니게 되었다. 주의력이 산만해져 도로 한가운데에서 멈춰 서는 바람에 차에 치일 뻔한 적도, 한겨울에 강에 들어갔다가 발견된 적도 있었다. 그러나 본인에게 죽고 싶다는 자각은 없었다. 무의식이었다. 카즈는 무의식중에 자신을 원망하고 있었던 것이다.

3년이 지난 어느 날, 철도 건널목 앞에 카즈가 서 있었다. 죽음을 각오한 표정은 아니었다. 땡땡땡땡, 요란하게 울리는 경보기를 무덤덤한 표정으로 바라보고 있었다.

저무는 석양이 거리를 주황빛으로 물들일 즈음, 카즈의 뒤에는 장을 보고 오는 엄마와 아이, 귀가 중인 학생들이 차단기가 열리기를 기다리고 있었다.

"엄마, 미안해."

문득 군중 속에서 아이의 목소리가 들려왔다. 아이가 장난으로 토라진 척하는 엄마의 기분을 달래는 평범한 대화였다.

"엄마……."

잠시 그 엄마와 아이를 바라보고 있던 카즈가 중얼거리고는 마치 빨려 들어가듯 차단기 너머로 걸음을 내디뎠다.

그때였다.

"아줌마도 같이 데려갈래?"

그러면서 카즈의 옆으로 살며시 다가온 사람은 근처에서 미술 교실을 운영하던 키누요였다. 키누요는 카나메가 과거로 떠난 날 우연히 그 자리에 있었다. 그날 이후 카즈의 얼굴에서 웃음이 사라지자 가슴이 아파 카즈의 곁에서 줄곧 지켜보았던 것이다.

하지만 그때까지 어떠한 말로도 카즈의 마음을 위로할 수 없었다. "같이 데려가 달라."는 말은 그저 고통스러워하는 카즈에게 다가가기라도 했으면 좋겠다는 뜻으로 한 말이었다.

어린 카즈가 엄마의 죽음에 책임을 느끼고 고통스러워하고 있었다.

그 고통에서 꺼내 줄 수 없다면, 적어도 카나메가 있는 곳으로 함께 가서 사과하고 싶다는 마음이었다.

그런데 카즈는 그 말을 듣고 지금까지 한 번도 보인 적 없는 반응을 드러냈다. 키누요의 말을 들은 카즈는 카나메가 죽은 후 처음으로 눈물을 펑펑 쏟으며 큰 소리로 울었다.

무엇이 카즈의 마음에 파동을 일으켰는지 키누요는 알지 못했다. 다만, 카즈가 여태껏 혼자서 괴로워하고 있었다는 사실, 그리고 죽고 싶었던 것은 아니라는 사실만은 이해했다.

철커덩철커덩, 지나가는 전철 앞에서 키누요는 카즈가 울음을 그칠 때까지 계속 안아 주며 머리를 쓰다듬었다.

어느새 땅거미가 두 사람을 감싸 안았다.

그날을 계기로 카즈는 과거로 돌아가고 싶다며 찾아오는 손님에게 다시 커피를 따라 주게 되었다.

댕······, 댕······.

가게에 있는 세 개의 괘종시계 중 가운데 시계가 새벽 2시를 알렸다.

한밤중의 가게 안은 여전히 정적이 흘렀다. 천장의 실링팬은 소리 없이 천천히 돌아가고, 카나메는 오늘도 카즈가 가져다준 소설을 조용히 읽고 있었다.

카즈는 흡사 이 찻집의 그림 속에 녹아든 무정물처럼 움직이지 않았다.

다만, 그 뺨에서는 한 줄기 눈물이 떨어지고 있었다…….

제4화
부부

"여기 앉아도 될까요?"

"물론이죠."

혹독한 겨울이 지나고 봄기운이 느껴지면 행복한 기분이 든다.

그러나 봄은 어느 날 갑자기 찾아오지 않는다. 어제까지가 겨울이고 오늘부터가 봄이라는 명확한 구분은 없다.

봄은 겨울 속에 숨어 있다. 사람의 눈과 살갗과 감각이 봄을 찾아낸다. 새싹, 상쾌한 바람, 따스한 햇살에서 봄을 발견한다.

봄은 겨울과 공존한다…….

"아직도 카나메 씨를 신경 쓰는 거야……?"

카운터 자리에 앉은 도키타 나가레가 냅킨으로 능숙하게 종잇학을 접으며 혼잣말처럼 중얼거렸다.

나가레의 혼잣말은 나가레의 등 뒤에서 테이블을 닦고 있는 도키타 카즈를 향한 것이었다. 그러나 카즈는 말없이 테이블을 닦으며 설탕 단지를 올려놓은 접시의 위치를 바꾸었다.

카나메는, 과거로 떠났다가 돌아오지 않은 카즈의 엄마였다.

"난, 낳아야 한다고 생각해."

나가레는 일곱 번째 종잇학을 테이블 위에 올려 두며 말했다. 그리고 일손을 놓지 않는 카즈를 가느다란 눈으로 쳐다보았다.

"분명 카나메 씨도……."

딸그랑딸그랑.

나가레의 말허리를 자르듯 카우벨이 울렸으나, 나가레와 카즈는 '어서 오세요.'라는 인사는 하지 않았다.

이 찻집에는 카우벨이 달린 문을 열고 들어오면 현관 같은 공간이 나오기 때문에 딸그랑딸그랑 소리가 울린 직후에는 누가 왔는지 알 수 없다.

나가레는 묵묵히 입구로 시선을 옮겼다.

잠시 후 천천히 모습을 드러낸 사람은 만다 키요시였다.

키요시는 올봄에 정년퇴직을 앞둔 노형사다. 쇼와 시대 형사 드라마에나 나올 법한 트렌치코트에 다 낡은 헌팅캡을 쓰고 있었다. 형사라지만 우락부락하고 사나운 인상이 아니라, 키는 카즈와 엇비슷하고 언제나 생글생글 웃고 다녔다. 어디에서든 볼 수 있는 서글서글한 아저씨 같은 풍모였다.

괘종시계의 시곗바늘은 7시 50분을 가리키고 있었다.

"……지금 괜찮은가요?"

이 찻집의 폐점 시간은 저녁 8시라, 키요시는 폐점 직전에 온 것이 미안하다는 듯 조심스레 물었다.

"네."

카즈는 여느 때와 다름없이 대답했으나 나가레는 고개를 살짝 숙일 뿐이었다.

키요시는 평소 같으면 가게에 들어오자마자 입구에서 가장 가까운 테이블석에 자리를 잡고 커피를 주문했을 테지만, 오늘은 자리에 앉지 않고 가만히 서 있었다.

"여기요."

카즈는 카운터 안에서 물컵을 내밀며 키요시를 카운터 석으로 안내했다.

"고맙습니다."

키요시는 낡은 헌팅캡을 슬쩍 들어 올리며 대답한 후 카운터의 세 자리 중 나가레와 한 칸 떨어진 바깥쪽 의자에 앉았다.

"커피 드릴까요?"

나가레는 종이학을 조심스레 모으며 자리에서 일어나 주방으로 들어가려고 했다.

"아, 아뇨. 오늘은……."

키요시는 주방으로 들어가려는 나가레를 막고서 원피스를 입은 여자를 쳐다보았다. 키요시의 시선을 따라간 나가레는 가느다란 눈을 더욱 가늘게 떴다.

"네?"

"실은 이걸……."

키요시는 손에 들고 있던 보조 가방에서 포장지에 싸인 필통 크기의 작은 상자를 꺼냈다.

"이걸 아내한테 전해 주고 싶어 왔습니다……."

"그건……."

그 상자가 무엇인 줄 아는지, 카즈가 키요시의 손 언저리를 쳐다보며 중얼거렸다.

"예. 카즈 양이 골라 준 목걸이입니다."

키요시는 쑥스러운 듯 헌팅캡 위로 머리를 긁적이며 대답했다.

키요시가 아내의 생일에 선물을 주고 싶은데 무엇이 좋을지 모르겠다며 상담을 한 것은 지난해 가을 무렵이었다. 카즈가 "목걸이는 어떠세요?" 하고 권했으나, 결국 혼자 고르지 못하고 카즈와 동행하여 구입했던 것이다.

"여기서 주려고 약속했는데, 그날 급한 일이 생겨서 주지 못했거든요······."

"그럼 사모님의 생일로 돌아가고 싶다는······, 말씀이신가요?"

키요시의 이야기를 들은 나가레는 카즈와 눈빛을 주고받고서 물었다.

"예."

키요시가 대답하자 나가레는 입술을 꽉 깨물고 말문을 닫았다. 시간은 2, 3초에 불과했지만, 조용한 가게 안에서의 일이었다.

"걱정은 안 하셔도 됩니다. 규칙은 모두 잘 알고 있으니까요……."

제법 긴 침묵처럼 느껴졌는지 키요시가 서둘러 말을 덧붙였다.

그런데도 나가레는 미간에 주름을 잡은 채 입을 꾹 닫고 있었다.

키요시도 나가레의 그런 태도가 이상했는지 불안한 목소리로 물었다.

"왜 그러시는지요?"

"실례지만……."

나가레는 말문을 떼더니 나지막한 목소리로 송구하다는 듯이 중얼거렸다.

"……굳이 과거로 돌아가지 않아도 전해 드릴 수 있지 않나요?"

"하하하. 그렇군요……. 그렇겠지요……."

나가레의 말을 듣고 키요시는 조금 전의 침묵이 무슨 의미였는지 이해한 양 머리를 긁적였다.

"죄송합니다."

나가레는 황급히 고개를 숙였다.

"아닙니다, 아니에요……. 제대로 설명하지 않은 제 잘

못도 있습니다……."

키요시는 카즈가 준 컵으로 손을 뻗어 물을 한 모금 입에 물었다.

"……설명이요?"

"예."

나가레가 묻자 키요시는 대답했다.

"……이 찻집에서 과거로 돌아갈 수 있다는 사실을 알게 된 건 정확히 1년 전이었습니다……."

키요시의 '설명'은 그가 처음 이 찻집을 방문했을 때로 거슬러 올라간다.

☕

딸그랑딸그랑.

키요시가 가게 안으로 들어가자 가장 안쪽 자리에 시뻘게진 얼굴로 흐느끼는 남자와 노부인의 모습이 보였다. 카운터석에는 초등학생쯤 된 남자아이, 맞은편에는 종업원으로 보이는 신장 2m쯤 되는 커다란 사내가 있었다.

그 사내는 키요시가 들어왔는데 인사도 하지 않고, 가장 안쪽 자리에서 마주 보고 앉은 두 사람을 응시하고 있었다. 소년만 오렌지주스를 홀짝이며 키요시를 빤히 쳐다보았다.

'손님이 온 줄도 모른다고 눈에 불을 켜고 화낼 필요는 없지. 금방 알아채겠지…….'

이렇게 생각하며 키요시는 오렌지주스 소년에게 꾸벅 인사한 후 입구에서 가장 가까운 테이블 자리에 조용히 앉았다.

그런데 갑자기 흐느끼던 남자가 기체에 휩싸이더니 그대로 천장으로 빨려 들어가는 것이 아닌가.

'헉?!'

키요시가 눈을 동그랗게 뜨자 사라진 남자가 앉아 있던 의자에서 하얀 원피스를 입은 여자가 나타났다. 마치 마술 쇼를 보는 듯했다.

'지금 무슨 일이 벌어진 거지?'

키요시가 넋이 나가 있는 동안, 노부인은 하얀 원피스를 입은 여자에게 무어라 속삭였다.

"이제 카즈만 행복해지면……."

키요시의 귀에 들린 것은 이 말뿐이었다.

그 노부인은 미타 키누요, 그리고 사라진 남자는 키누요의 아들 유키오였다.

이날의 사건을 계기로 키요시는 이 찻집이 진짜 '과거로 돌아갈 수 있는 곳'이라는 사실을 알게 되었다.

과거로 돌아가기 위한 성가신 규칙들은 카즈와 나가레에게서 들었는데, 그 규칙들을 알고 나자 그런데도 불구하고 과거로 돌아간 사람들이 있다는 사실이 더욱 놀라워졌다.

'과거로 가서 아무리 노력해도 현실을 바꿀 수 없다는데, 도대체 왜……?'

키요시는 규칙을 알면서도 과거로 돌아간 사람들에게 흥미가 일었다.

"……실례인 줄은 압니다만, 이 찻집에서 과거로 돌아갔던 분들에 대해 조사를 했습니다."

키요시는 주방으로 들어가던 나가레와 카운터 안의 카즈에게 고개를 살짝 숙였다.

"제가 조사한 바로는……."

키요시는 작은 검은색 수첩을 꺼내서 설명을 이어갔다.

"······지난 30년간 저 자리에 앉아서 과거로 떠난 분은 전부 마흔한 명. 애인, 남편, 딸을 만나러 가는 등 목적은 제각각이었지만, 그중에서 죽은 사람을 만나러 간 분은 네 명. 작년에 두 명, 7년 전에 한 명. 그리고 22년 전에 카즈 양의 어머니까지······, 이렇게 네 명입니다."

"어디서 그걸······?"

키요시의 설명을 듣고 나가레는 창백해진 얼굴로 물었다. 동요하는 나가레와는 대조적으로 카즈는 무표정하게 허공을 바라보고 있었다.

"······키누요 씨가 돌아가시기 전에 저에게 말씀해 주셨습니다."

키요시는 천천히 숨을 들이마신 후 미안하다는 눈빛으로 카즈를 쳐다보았다.

카즈는 키요시의 말을 듣고 시선을 떨어뜨렸다.

"마지막으로 그분은 카즈 양을 친딸처럼 생각하고 있다고 하셨습니다."

그 말에 카즈는 천천히 눈을 감았다.

"전 의문이 들었습니다. 이 찻집의 규칙에 따르면 아무리 노력해도 현실을 바꿀 수가 없거늘, 네 분은 어떻게 고인을 만나러 갈 수 있었을까, 하고요······."

키요시는 펼쳐 놓은 수첩을 한 장 넘겼다.

"7년 전에 교통사고로 죽은 여동생을 만나러 간 여자분이 있으셨습니다. 이름은 히라이 야에코 씨……. 아시는 분이죠?"

"네."

키요시가 묻자 나가레만 대답했다.

센다이의 오래된 여관을 운영하는 히라이의 집에서는 장녀인 히라이에게 여관의 안주인 자리를 물려줄 예정이었다. 하지만 안주인이 되기 싫었던 히라이는 열여덟 살에 가출하다시피 집을 뛰쳐나와 의절을 당했다. 그런 히라이에게 유일하게 여동생만이 몇 년째 집으로 돌아가자고 설득하러 찾아왔었다. 그러나 여동생은 히라이를 설득하러 왔다가 돌아가는 길에 교통사고로 세상을 떠나고 말았다.

히라이는 그 여동생을 만나러 과거로 돌아갔다.

"히라이 씨가 과거에서 돌아온 직후 고향으로 돌아가 여관을 물려받았다기에, 직접 얘기를 들으려고 센다이까지 찾아갔습니다."

그로부터 7년. 히라이는 여관의 안주인으로 멋지게 변해 있었다.

"전 그분께 '당신은 왜 현실이 바뀌지 않는다는 말을 듣고도 죽은 여동생을 만나러 가셨습니까?' 하고 물었지요. 저의 무례한 질문에 그분은 깔깔 웃으면서 이렇게 대답해 주셨습니다."

만약 여동생의 죽음을 계기로 내가 불행해지면, 그 아인 날 불행하게 하려고 죽은 셈이 되잖아요? 그러니까 난 불행해질 수 없어요. 반드시 행복해지겠다. 그렇게 맹세했어요. 나의 행복은 여동생이 살아 있었다는 증거니까…….

"전 그분의 말을 듣고 제가 틀렸다는 것을 깨달았습니다. 저는 아내가 죽었는데 저 혼자만 행복해질 순 없다고 생각했거든요……."

키요시는 그렇게 말한 후 손에 든 선물로 천천히 시선을 떨어뜨렸다.

"사모님께서 돌아가셨나요……?"

나가레가 나지막한 목소리로 물었다.

"……예. 이미 30년도 더 지난 일입니다."

키요시는 분위기가 어두워지지 않도록 신경을 쓰는지 수줍어하며 대답했다.

"……그럼, 그 돌아가신 사모님의 생일로?"

카즈가 물었다.

"……예."

키요시는 대답하며 가운데 테이블 자리로 천천히 시선을 옮겼다.

"……그날 우린 이 찻집에서 만나기로 약속했습니다만, 전 일이 생겨 오지 못했습니다. 당시엔 휴대폰 같은 게 없었으니 아내는 폐점 때까지 저를 기다렸지요. ……그러다가 돌아가는 길에 아내는 근처에서 일어난 강도 사건에 휘말려서……."

키요시는 헌팅캡을 푹 눌러 썼다.

"죄송합니다. 그런 줄도 모르고 실례를……."

나가레는 키요시에게 머리를 깊숙이 숙였다. 조금 전 선물을 "굳이 과거로 돌아가지 않아도 전해 드릴 수 있지 않나요?" 하고 물은 것에 대한 사과였다.

물론, 키요시의 아내가 세상을 떠난 줄 몰랐으니 어쩔 수 없는 일이었다. 그러나 나가레는 '이유를 정확히 물었어야 했는데 내가 경솔했어······.' 하고 자책했다.

"아닙니다. 저도 처음부터 순서대로 설명했어야 했는데······, 죄송합니다."

키요시도 부랴부랴 고개를 숙였다.

"······제가 약속을 제대로 지켰더라면 아내는 죽지 않았을 거라고, 지난 30년간 줄곧 후회하며 살아왔습니다. 그런데······."

키요시는 조금 뜸을 들이더니 카즈에게로 천천히 시선을 향했다.

"······후회해도, 죽은 사람은 돌아오지 않습니다."

키요시의 말에 나가레는 화들짝 놀라며 가느다란 눈을 크게 뜨고 카즈를 쳐다보았다.

'······카즈.'

나가레는 카즈의 이름을 부르려 했으나 아무 말도 나오지 않았다.

카즈는 원피스를 입은 여자를 우두커니 바라보았다.

키요시는 목걸이가 든 선물 상자를 사랑스럽게 내려다보며 조용히 속삭였다.

"……그렇다면 적어도, 살아 있는 아내에게, 이걸 전해 주고 싶어서……."

댕, 댕, 댕…….

괘종시계의 시간을 알리는 종이 여덟 번, 가게 안에 울려 퍼졌다.

"저를 그날로, 아내가 살아 있던 30년 전 마지막 생일로 돌아가게 해 주십시오. 부탁합니다."

키요시는 카운터 자리에서 벌떡 일어나 머리를 깊이 조아렸다.

그러나 나가레의 표정은 여전히 어두웠다.

"저기, 키요시 씨, 실은 말이죠……."

나가레는 말문을 뗐지만, 차마 얘기하기 힘든 모양인지 단어를 고르고 있었다.

"그게 말입니다……. 저……."

그런 나가레의 모습을 보며 키요시가 고개를 갸웃거리

자 카즈가 태연한 얼굴로 입을 열었다.

"사정이 생겨서 제가 내리는 커피로는 과거로 돌아갈 수 없게 됐습니다."

나가레가 횡설수설하는 데 반해 카즈는 마치 '오늘 점심 영업은 끝났습니다.'라는 말이라도 하는 듯 냉정하게 대답했다.

"그……."

키요시는 카즈의 말을 듣고 어안이 벙벙했다.

"……그렇습니까."

하지만 이내 낙담한 듯 힘없이 중얼거리고는 천천히 눈을 감았다.

"키요시 씨……."

"아아, 괜찮습니다. 가게에 들어왔을 때부터 무슨 사정이 있는 것 같다는 생각은 했습니다."

무언가 말을 건네려는 나가레에게 키요시는 웃음을 지어 보였다.

"아쉽지만, 어쩔 수 없지요……."

키요시는 되도록 아쉬운 얼굴을 보이지 않으려는 듯 두 사람에게서 얼굴을 돌리고 공연히 두리번거렸다.

다른 사람이었다면 과거로 돌아갈 수 없게 된 이유를 묻고 싶어질 것이다. 하나, 키요시는 묻지 않았다. 오랜 세월 형사로 일해 온 감이, 물어도 대답을 듣지 못하리라 일깨워 준 것이다.

그렇다면 찻집에 더 있어 봐야 소용없었다. 두 사람에게 계속 신경 쓰게 하는 것도 미안한 일이었다.

"……벌써 폐점 시간이네요."

키요시는 가볍게 인사하고 카운터 위의 보조 가방에 선물을 도로 집어넣었다.

그때였다.

탁.

원피스를 입은 여자가 소설책을 덮는 소리가 가게에 울렸다.

"앗."

키요시의 입에서 무심코 외마디 소리가 터져 나왔다. 원피스를 입은 여자는 천천히 일어나서 발소리도 내지 않고 화장실로 걸어갔다.

예의 그 자리가 비었다. 그 자리에 앉으면 원하던 순간으로 이동할 수 있다.

키요시는 잠시 빈자리에 시선을 빼앗겼으나, 이내 '커피를 내려 줄 사람이 없다.'라는 사실을 상기했다.

아쉽기는 하지만 불가능한 일에 집착해도 별다른 도리가 없었다.

"……그럼, 전 이만."

키요시는 카즈와 나가레에게 인사한 후 가게를 나가려 했다.

"키요시 씨."

나가레가 키요시를 불러 세웠다.

"그 선물, 사모님께 전해 주세요."

나가레에게 뜻밖의 말을 들은 키요시는 순간 의아한 표정을 지었다.

"……하지만 카즈 씨가 내리는 커피로는 과거로 돌아갈 수 없다고 하지 않으셨나요?"

"괜찮습니다……."

"……그게 무슨 말씀이신지?"

1년에 걸쳐 과거로 돌아가기 위한 규칙을 조사한 키요시는 당시 이 규칙을 들은 적이 있었다.

과거로 돌아가기 위한 커피를 내릴 수 있는 사람은 도키타 가문의 여자뿐이다.

"잠시만 기다리세요."
　나가레는 그 말을 남기고 주방 안쪽의 방으로 모습을 감췄다.
　키요시가 망설이는 눈빛으로 카즈를 바라보았다.
"도키타 가문의 여자는 저 말고도 있으니까요……."
　카즈는 태연한 얼굴로 대답했다.
'설마 이 가게에 내가 모르는 여자가 또 있었나?'
　키요시가 생각하는 동안 안쪽 방에서 나가레의 목소리가 흘러나왔다.
"어이, 빨리해."
"드디어 미(me)가 나설 차례군요?"
　나가레에 이어서 곧바로 독특한 억양으로 대답하는 소녀의 목소리가 들려왔다.
"……아."
　키요시는 들어 본 적 있는 목소리에 저도 모르게 탄성을 내뱉었다.
"오래 기다리셨사옵니다."

그렇게 말하며 안쪽 방에서 나온 사람은 미키였다.

키요시는 커피를 내릴 수 있는 사람은 성인 여성뿐이라고 생각했던 것이다.

"유(you)인가요? 과거로 돌아가고 싶다는 분이?"

"어이, 제발 부탁이니 제대로 된 말 좀 써……."

나가레는 넌더리를 내는 표정으로 구시렁거렸으나, 미키는 집게손가락을 옆으로 휙휙 저었다.

"그건 아니 될 말씀. 전 일본인이 아니니까요."

그러자 나가레는 미키의 대답을 예상했다는 듯 짐짓 눈살을 찌푸리며 대꾸했다.

"아! 안타깝네요. 우리 집 규칙으로는 일본인이 아니면 과거로 돌아가는 커피를 내릴 수 없는데……."

"농담입니다! 미키는 일본인이었습니다!"

미키는 빙그르르 한 바퀴 돌면서 기죽지 않고 큰 소리로 말했다.

"네네, 알았으니까 빨리 준비해."

나가레는 작게 한숨을 내쉬고 손을 팔락거리며 미키에게 주방으로 들어가라고 재촉했다.

"네!"

미키가 씩씩하게 대답하고는 주방으로 촐랑촐랑 들어갔다.

두 사람의 모습을 곁눈질하며 카즈는 마치 그 자리에 없는 듯 존재감을 감추고 조용히 서 있었다.

"카즈, 가서 좀 도와줘……."

"응."

나가레가 부탁하자 카즈는 키요시에게 가볍게 인사한 후 조용히 주방으로 들어갔다.

"죄송합니다……."

카즈의 뒷모습을 바라보던 나가레는 돌아서서 키요시에게 고개를 숙였다. 죽은 아내를 만나러 가기 위해 과거로 돌아가려는 키요시 앞에서 미키가 장난치는 듯이 행동하자 사과한 것이다.

하지만 키요시는 전혀 개의치 않았다. 미키와 나가레의 흐뭇한 모습에 마음이 누그러진 데다 무엇보다 과거로 돌아갈 수 있다는 사실을 알고는 기뻤다. 동시에 심장 고동이 조금 빨라졌다.

"……설마, 미키 양이 커피를 따라 줄 거라고는 생각도 못 했습니다."

키요시는 예의 그 자리를 바라보며 말했다.

"지난주에 막 일곱 살이 됐거든요……."

나가레는 주방을 응시한 채 대답했다.

"아, 그러고 보니……."

키요시는 나가레의 설명을 듣자 불현듯 생각나는 것이 있었다.

도키타 가문의 여자라도 일곱 살이 되지 않으면 과거로 돌아가는 커피를 내릴 수 없다. 이미 카즈에게 들은 적이 있었지만, 그리 중요한 얘기라고 생각하지 않았던 탓에 지금까지 잊고 있었던 것이다.

키요시는 다시금 과거로 돌아가는 자리로 눈길을 돌리고는 홀린 듯이 그 앞까지 다가갔다.

'과거로 돌아갈 수 있다.'

이 생각에 키요시의 가슴이 뜨거워졌다.

"자, 앉으세요……."

키요시가 뒤돌아서 나가레의 얼굴을 쳐다보자 나가레가 권했다.

키요시는 심호흡을 크게 하고 테이블과 의자 사이로 천천히 몸을 집어넣었다. 심장이 더욱 빠르게 두근거렸다.

키요시는 의자에 앉아서 조금 전 보조 가방에 넣어 둔

선물을 꺼냈다. 카즈가 함께 골라 준 목걸이였다.

"……키요시 씨."

나가레가 주방 쪽을 신경 쓰며 키요시에게 걸어와서 말을 걸었다.

"네, 왜 그러시죠?"

키요시가 고개를 들자 나가레는 허리를 한껏 굽힌 채 키요시의 귓가에 손을 대고 비밀 이야기를 하듯 조용히 수군거리기 시작했다.

"……미키 녀석, 과거로 돌아가는 커피를 내리는 건 처음이라 힘이 잔뜩 들어갔다고 해야 할까, 흥분했다고 해야 할까……. 아마 규칙을 일일이 설명할 것 같습니다. 죄송한 말씀이지만, 미키에게는 첫 임무이니 호응을 좀 해 주실 수 있을까요?"

딸을 생각하는 나가레의 마음은 키요시에게도 충분히 전해진 모양이었다.

"물론입니다."

키요시는 등을 구부리고 있는 나가레에게 활짝 웃어 보였다.

잠시 후 찰싹찰싹 작은 발소리와 함께 미키가 주방에서 돌아왔다.

미키는 카즈처럼 나비넥타이와 소믈리에 앞치마 차림이 아니라, 자기가 좋아하는 연분홍빛 원피스에 가슴까지 올라오는 와인색 앞치마를 매고 있었다. 미키의 엄마 케이가 쓰던 앞치마를 나가레가 고쳐 준 것이었다.

은주전자와 새하얀 커피 잔을 쟁반에 받쳐 든 미키의 두 손은 부들부들 떨려서, 걸을 때마다 쟁반 위의 커피 잔이 달가닥달가닥 소리를 냈다.

카즈는 그런 미키를 주방에서 가만히 지켜보고 있었다.

"미키."

미키가 키요시가 있는 곳까지 오자 나가레가 불렀다.

"오늘부터 카즈 고모를 대신해서 이 자리에 앉는 손님한테 커피를 따르는 게 네 일이야. 알겠지?"

나가레가 진지한 얼굴로 말했다.

'드디어 이날이 왔구나.'

천진난만하고 어린 딸이 특별한 임무를 맡게 되자, 나가레는 마치 딸을 시집보내는 아버지처럼 복잡한 심경이 들었다.

그러나 부모의 마음을 자식이 알 턱이 없는 법. 미키는 쟁반 위의 커피 잔과 주전자를 떨어뜨리지 않는 데 온 신경을 집중하느라 상기된 목소리로 물었다.

"응? 뭐라고?"

나가레의 마음도, 자기가 맡은 일의 무게도 헤아리지 못하고 있었다. 그러나 나가레는 커피를 따르려고 애쓰는 미키의 모습을 보자, 아직은 어린아이라는 생각이 들어서 기쁜 눈치였다.

"됐어, 됐어."

나가레는 한숨을 내쉬면서도 가느다란 눈을 초승달처럼 구부리며 응원의 말을 중얼거렸다.

"잘해 봐."

"……규칙은 알고 계세요?"

더 이상 나가레의 말이 귀에 들리지 않는 미키가 키요시에게 설명을 시작했다.

키요시가 나가레를 힐끔 쳐다보자, 나가레는 말없이 고개를 살짝 숙였다.

"설명해 주실 수 있나요? 잔과 쟁반은 저한테 주세요."

키요시는 미키에게 시선을 돌리고 정중히 부탁했다.

미키는 고개를 힘차게 끄덕이며 쟁반을 키요시에게 맡긴 후 은주전자만 들고서 규칙 설명에 들어갔다.

키요시는 원래 규칙을 빠삭히 알고 있던 터라 미키의 설명은 겨우 2, 3분 만에 끝나 버렸다. 자리에서 일어나면 안 된다는 규칙을 빠뜨리기도 하고 설명이 부족한 부분도 있었다.

'이미 알고 있는 내용이니 괜찮겠지······.'

옆에서 듣고 있던 나가레는 일부러 끼어들지 않았다.

"훗."

미키는 자기 딴에 흡족한 설명이었는지, 나가레에게 자랑스러운 미소를 지어 보이며 콧소리를 냈다.

"훌륭했어."

나가레는 얼른 칭찬한 다음 미키를 재촉했다.

"근데 키요시 씨가 기다리시니까······."

"알겠어!"

미키는 신나게 대답한 후 키요시에게 물었다.

"준비되셨나요?"

지금까지 카즈가 이 말을 꺼낼 때마다 가게 안의 온도가 내려갔다고 느낄 정도로 섬뜩하고 엄숙한 분위기가 흘렀다.

그러나 미키의 경우는 달랐다. 그 포근한 미소는 마치 아기를 귀여워하는 엄마처럼 따스했다. 일곱 살 소녀의 표정이라고는 믿기 힘들 정도였다.

만약 사람의 눈에 각자의 기(氣)가 보인다면, 카즈는 연청색, 미키는 오렌지색을 띨 것이다. 그만큼 미키를 둘러싼 공기는 따뜻하고 부드러웠다.

미키의 웃는 얼굴을 보고 나서 실내의 온도가 조금 올라간 듯한 착각을 느낀 키요시는 '봄 햇살에 안긴 것같이 편안한 기분이다…….'라는 생각이 스쳤다.

"부탁합니다."

키요시는 미키에게 고개를 숙였다.

"네."

미키는 씩씩하게 대답한 후 우렁찬 목소리로 외쳤다.

"커피가 식기 전에!"

미키의 목소리가 가게 안을 가로지르며 울려 퍼졌.

'목소리가 너무 크잖아…….'

나가레가 쓴웃음을 짓자 미키는 은주전자를 자기 머리보다 높은 곳에서부터 기울여 커피를 따르기 시작했다.

커피는 한 줄기 검은 실선이 되어 새하얀 컵으로 따라졌다.

일곱 살 미키에게 커피가 담긴 은주전자는 조금 무거울 터였다. 안간힘을 쓰며 한 손으로 따르고는 있지만, 주전자 부리가 부들부들 흔들려 커피가 넘치는 바람에 받침이 갈색으로 물들었다.

미키 본인은 진지했지만, 카즈가 커피를 따를 때와 같은 엄숙한 분위기는 없었다.

하지만 최선을 다하는 모습이 참으로 보기 흐뭇했다. 키요시가 미키에게 마음을 빼앗긴 동안, 커피가 채워진 잔에서 한 줄기 김이 스르르 피어올랐다.

그때, 키요시의 주변 풍경이 출렁이며 일그러졌다.

예순 살의 키요시에게 '현기증'은 신체의 악화나 이변을 의미한다.

'하필이면 이렇게 중요한 순간에……'

키요시는 자신의 무기력함에 분개하려고 했다.

그러나 그것도 한순간뿐이었다.

키요시는 이내 자신의 몸이 기체가 되고 있다는 것을 알아차렸다. 소스라치게 놀랐지만, 현기증이 건강 때문이 아니라는 사실을 깨닫자 가슴을 쓸어내렸다.

몸이 붕 뜨면서 주변 풍경이 위에서 아래로 흐르기 시작했다.

"아!"

키요시는 소리쳤다. 놀라서가 아니었다. 그제야 30년 만에 만나는 아내에게 무슨 말을 하며 선물을 건네면 좋을지, 생각해 두지 않았음을 떠올렸기 때문이다.

'분명 키미코는 이 찻집에서 과거로 돌아갈 수 있다는 사실을 모를 거야······.'

키요시는 희미하게 옅어지는 의식 속에서 선물을 어떻게 건넬지 생각하고 있었다.

키요시의 아내 키미코는 정의감이 강한 여성이었다. 고등학생 때 만난 두 사람은 함께 경찰관을 꿈꿨다.

두 사람 모두 채용 시험에 합격했으나, 당시에는 여성 경찰의 채용 규모가 작았기 때문에 키미코는 선발되지 못했다. 키요시는 파출소 근무 당시의 실적을 인정받고 서른 살이란 나이에 떳떳하게 경시청 형사부 수사 1과에 소속

되었다. 두 사람이 결혼하고 2년째 되던 해의 일이었다.

키요시가 형사로 활약하는 날이 오자 키미코는 진심으로 기뻐했다. 하지만 키요시는 형사 일이 자신의 적성에 맞지 않아 고민하기 시작했다.

굳이 따지자면 키요시는 온화한 성격이었다. 경찰이 되고자 했던 이유에는 물론 다른 사람에게 도움이 되는 일을 하고 싶다는 생각도 있었지만, 경찰을 꿈꾸는 키미코의 관심을 끌고 싶은 마음도 있었다.

그러나 실제로 경찰이 되어 보니 키요시에게는 괴로운 현실의 연속이었다.

키요시가 속한 수사 1과는 살인과 상해 사건을 담당하는 부서였다. 자신의 욕심과 안위를 위해 남의 목숨을 빼앗는 인간의 추악한 내면을 끊임없이 마주해야 했다.

그 현실을 신념과 사명감으로 극복할 만큼 키요시는 강인하지 못했다.

'이대로 가다간 마음이 무너져 내릴 거야.'

키요시는 위기감을 느끼자 키미코에게 형사를 그만두겠노라 털어놓기로 했다. 집에서는 차마 말할 수가 없어, 키미코의 생일을 핑계 삼아 이 찻집으로 불러내 얘기할 생각이었다.

그러나 만나기로 한 당일에 급한 일이 생겼다.

'뭐, 다른 날로 미루면 되겠지······.'

키요시는 자신이 싫어했던 일을 선택하고 찻집에는 가지 않았다.

그리고 그 결과, 키미코는 강도 사건에 휘말려 목숨을 잃었다.

'불행한 사건'이었다는 말밖에는 달리 표현할 길이 없었다.

약속 시간이 되어도 키요시가 나타나지 않자 키미코는 폐점할 때까지 기다렸다.

폐점 후 찻집을 나온 키미코는 오른쪽으로 꺾어 골목 안으로 걸어갔다. 어두웠지만, 그 길이 역으로 가는 지름길이었기 때문이다. 그런데 역으로 걸어가는 도중에 강도가 할머니를 협박하는 장면을 목격했다.

눈앞에서 일어난 범죄를 정의감 넘치는 키미코가 모른 척 지나칠 리 없었다.

키미코는 강도에게 조용히 말을 걸기 위해 신중하게 거리를 좁혀 갔다. 갑자기 소리를 지르면 놀란 강도가 할머니에게 무슨 짓을 저지를지 모른다고 판단한 것이다.

상대는 칼을 가지고 있었다. 그러나 강도의 시선을 자신에게 돌린다면 잘 설득할 자신이 있었다.

그런데 그때 별안간 키미코의 반대편에서 "거기! 뭐 하는 짓이야!" 하며 한 남자가 소리쳤다. 그 소리에 강도는 할머니를 밀쳐 내고 키미코가 있는 쪽으로 방향을 틀어 쏜살같이 내달리기 시작했다.

강도는 키미코의 옆으로 지나치려 했으나, 당황한 나머지 다리가 엉켜 칼을 쥔 채 쓰러지듯 키미코를 덮쳤다.

강도가 가지고 있던 것은 문구용 칼이었다. 칼은 칼이지만, 코트를 입고 있으면 관통하더라도 치명상을 입지는 않을 터였다. 그러나 키미코를 덮친 강도의 칼은 맨목의 경동맥을 파고들었다.

사인(死因)은 과다 출혈이었다.

'약속만 지켰더라면……'

이 사건은 키요시의 마음에 크나큰 상처를 남겼다.

그 이후 키요시는 이 찻집 앞을 지나치기만 해도 심장이 몹시 뛰었다. '트라우마', 즉 심한 정신적 충격으로 인해 신체에 영향이 나타나는 마음의 상처였다.

마음의 상처는 눈에 보이지 않는다. 특히 키요시처럼 '나 때문에 소중한 사람이 죽었다.'라는 생각에 사로잡히면, 그 상처를 치유하기란 쉽지 않다. 죽은 사람이 다시 살아 돌아올 수는 없기 때문이다.

키요시는 자신이 약속을 지키지 않은 탓에 키미코가 죽었다고 생각했다. 머리로는 '그렇지 않다.'라는 것을 알고 있지만, 마음은 받아들이지 못했다.

'죽은 키미코를 두고 나만 행복해질 순 없어.'

그리고 어느새 이런 생각에 빠지게 되었다.

하나, 그런 키요시가 이 찻집에서 과거로 돌아간 사람들의 이야기를 들은 후 변하려 하고 있었다.

"지, 진짜 사람이 나타났다!"

남자의 목소리에 키요시는 정신을 차렸다. 시간을 거슬러 올라가는 동안에는 의식이 혼미했던 것이다.

대학교 연구실에서 실험이라도 하고 있음 직한 남자가 어울리지 않는 앞치마를 매고 카운터 안에서 키요시를 관찰하듯 쳐다보고 있었다.

키요시가 남자를 향해 살며시 고갯짓으로 인사했다.

"카, 카나메!"

남자는 당황한 얼굴로 소리치며 헐레벌떡 안쪽 방으로 들어갔다.

'……아르바이트라고 하더라도 영 못 미덥군. 얼마 안 된 신입인가?'

키요시는 그런 생각을 하며 천천히 가게 내부를 둘러보았다.

30년 전인데도 실내 장식은 지금과 변함이 없었다. '영락없이 똑같다.'라는 말 그대로였다.

그런데도 키요시는 확신이 들었다.

'과거로 왔다.'

남자가 '카나메'라는 이름을 불렀기 때문이다. 카즈의 엄마 이름이 카나메라는 사실을 키누요한테서 들었던 것이다.

가게 안에 키요시 외의 다른 손님은 보이지 않았다.

키요시가 우두커니 앉아 있자 안쪽 방에서 여자가 나타났다.

하얀 옷깃의 꽃무늬 원피스에 검붉은 앞치마를 맨 그 여자는 눈에 띄게 배가 불러 있었다.

'이 사람이…….'

카즈를 품은 카나메였다.

"어서 오세요."

카나메는 웃는 얼굴로 키요시를 맞이하며 고개를 꾸벅 숙였다. 그 천연한 표정은 유령으로 변해 예의 그 자리에 앉아 있는 카나메와는 전혀 다른 사람처럼 보였다.

'누구와도 금방 어울리고 친해질 수 있는 사람.'

이것이 키요시가 느낀 카나메의 인상이었다.

카나메의 뒤에는 마치 도깨비라도 보는 양 겁먹은 눈빛으로 키요시를 쳐다보는 남자가 모습을 드러냈다 숨었다 했다.

"갑자기 나타나서 놀라셨죠?"

키요시는 일부러 미안하다는 듯이 카나메에게 물었다.

"죄송해요. 남편은 그 자리에서 사람이 나타나는 걸 처음 보거든요……."

카나메는 죄송하다고 하면서도 쿡쿡 웃고 있었다.

남자도 허둥대는 제 모습이 부끄러웠는지 얼굴을 붉게 물들이며 작은 목소리로 사과했다.

"죄송합니다······."

"아니에요."

키요시는 대답을 하면서 '행복해 보이는군.' 하고 생각했다.

"누굴 만나러 오신 건가요?"

카나메가 물었다.

"예."

키요시가 대답하자 카나메는 가게 안을 둘러보고 어두운 표정을 지었다.

분위기를 눈치챈 키요시는 곧바로 가게 안에 있는 세 개의 괘종시계 중 가운데 시계를 쳐다보며 말했다.

"아, 괜찮습니다. 그 사람이 언제 오는지 잘 알고 있으니까요······."

그렇게 함으로써 키요시는 가운데 괘종시계만이 정확하다는 사실과 기다리는 사람이 올 시간을 똑똑히 알고 있음을 드러냈다.

"그러시군요, 다행이에요······."

카나메는 안심한 듯이 생긋 미소를 지었다.

뒤에 서 있는 남자는 여전히 키요시를 신기하게 쳐다보고 있었다.

"남편분께서는 당신이 커피를 내리는 모습을 본 적이 없나요?"

무심코 궁금해진 키요시가 카나메에게 물었다.

키미코가 올 때까지는 아직 시간이 조금 남아 있었다. 왠지 카즈의 엄마인 카나메와 대화를 나눠 보고 싶다는 생각이 들었다.

"남편은 쉬는 날만 가게 일을 거들고 있는 데다, 지금 제가 내리는 커피로는 과거로 돌아갈 수가 없거든요……."

카나메가 대답했다.

'그러고 보니 카즈 양도 똑같은 말을 한 것 같은데……?'

"당신이 내린 커피로는 과거로 돌아갈 수 없다고요? 왜 그렇죠?"

키요시는 무의식중에 그렇게 물었다.

형사의 직업병인지, 이런 곳에 와서까지 조금이라도 의문이 생기면 그냥 지나치지 못하는 자신에게 내심 쓴웃음이 나왔다.

"이 아이가 생겨서……."

카나메는 부른 배에 손을 올리며 행복하게 웃었다.

"예?"

키요시는 카나메의 대답을 듣고 화들짝 놀랐다.

"그게 무슨 말씀이시죠?"

"배 속의 아이가 딸이면, 임신하는 동시에 그 힘이 배 속의 아이한테 넘어가거든요……."

'……그럴 수가!'

키요시의 눈이 휘둥그레졌다.

"……혹시, 배 속의 아이가 과거로 돌아가는 커피를 내릴 수 있게 되는 건 일곱 살 때부터인가요?"

"맞아요, 맞아요! 잘 아시네요!"

키요시의 귀에는 카나메의 말이 제대로 들리지 않았다.

'카즈 양은 아기를 품고 있어. 그런데도……, 전혀 기뻐 보이지 않았어.'

만약 카즈가 임신을 기뻐하고 있다면, 지금 눈앞에 있는 카나메처럼 웃는 얼굴을 보일 터였다. 하지만 그런 기색은 없었다.

'어쩌면…….'

키요시의 마음속에 어떤 생각이 스쳤다.

그때였다.

딸그랑딸그랑.

댕, 댕, 댕…….

카우벨과 동시에 괘종시계의 시간을 알리는 종이 다섯 번 울려 퍼졌다. 키미코가 찾아올 시간이었다.
"오신 것 같네요."
키요시의 머리는 순간 카즈와 키미코에 대한 생각으로 복잡했으나, 카나메의 차분한 목소리를 듣고는 우선 자신의 목적을 이루는 데 집중하자고 다짐하며 심호흡을 했다.
"좋아……."
키요시가 중얼거리는 모습을 보고 카나메가 눈짓하자 남편은 혼자서 안쪽 방으로 들어갔다. 키요시 일행에게 방해가 되지 않으려는 카나메의 배려였다.
아직 입구에 모습을 드러내지는 않았지만, 인기척은 들렸다.
'……키미코가 날 알아볼까?'
키요시의 심장이 세차게 방망이질 쳤다.

이 찻집에서 과거로 돌아갈 수 있다는 사실을 키미코는 모른다. 그러니 예순 살의 키요시가 만나러 왔다고는 상상하지도, 눈치채지도 못할 터였다.

그러나 키요시는 만일의 상황을 대비해서 다 낡은 헌팅 캡을 깊이 눌러 쓴 채 키미코가 들어오기를 기다렸다.

"어서 오세요."
카나메의 목소리가 울렸다.
잠시 후 키미코가 들어왔다.
'키미코……'
키요시는 고개를 살며시 들어 키미코를 바라보았다.
키미코는 가게 안을 둘러보더니 천천히 얇은 봄 코트를 벗어 세 개의 테이블석 중 가운데 자리에 앉았다. 키미코의 어깨 위에 내려앉은 벚꽃잎 몇 장이 나풀나풀 바닥으로 떨어졌다. 키요시가 고개를 들자 바로 정면에 키미코의 얼굴이 보였다.
"커피 부탁드려요."
물컵을 가져다준 카나메에게 키미코가 말했다.
"따뜻한 거로 드릴까요?"
"네."
"알겠습니다."
카나메는 주문을 받은 후 키요시를 힐끔 쳐다보았다. 키요시와 눈이 마주치자 카나메는 방긋 미소를 짓고 키미코에게 활기찬 목소리로 물었다.

"저희 가게 커피는 원두부터 갈아서 시간이 조금 걸리는데, 괜찮으세요?"

"네. 기다릴 사람이 있어서 괜찮아요."

키미코가 사근사근하게 대답했다.

"네, 그럼 좋은 시간 보내세요……."

이 말은 카나메가 키요시에게 보내는 메시지였다. 카나메는 유쾌하게 주방으로 들어갔다.

가게 안에는 키요시와 키미코 둘만 남았다. 두 사람은 마주 보는 위치에 앉았다.

키요시는 눈앞의 잔으로 손을 뻗어 커피를 마시는 척하며 키미코의 얼굴을 엿보았다.

30년 전은 거품 경제의 전성기라 패션이 다양해지던 시기였다. 젊은 여성들은 컬러풀하고 화려한 옷으로 치장한 채 거리를 활보했다.

그러나 패션에 관심이 없는 키미코는 이날도 얇은 봄 코트, 갈색 스웨터, 회색 정장 바지의 소박한 복장을 하고 있었다. 그러나 어깨까지 기른 머리를 하나로 묶고 등을 꼿꼿이 세운 채 앉아 있는 모습은 당당한 분위기를 풍겼다.

키요시가 헌팅캡 밑에서 시선을 들어 올리자 키미코와 눈이 마주쳤다. 그러자 키미코는 곧바로 생긋 웃으며 인사했다.

"안녕하세요."

 키미코는 낯을 가리지 않았다. 상대방이 나이가 많으면 백이면 백 먼저 인사를 건넸다. 키요시도 가볍게 인사를 해 봤으나, 키미코는 눈앞에 앉은 노인이 키요시라는 것을 깨닫지 못한 듯했다.

'이 정도면 괜찮겠어…….'

 안심한 키요시가 말문을 열었다.

"만다 키미코 씨인가요?"

"네?"

 낯선 노인이 자신의 이름을 부르자 키미코는 조금 놀란 눈치였으나, 이내 되물었다.

"네, 그런데요……. 누구시죠?"

 과연 경찰이 되려 했던 만큼, 예기치 못한 일에도 침착하게 대응하는 모습이었다.

"실은 만다 키요시라는 분이 저한테 이걸 맡기셔서……."

"저희 남편이요?"

"예."

키요시는 대답하며 준비해 둔 선물을 건네기 위해 일어서려고 했다.

"아아아아아아아아앗!"
그때 누군가가 키요시를 향해 소리를 질렀다.
"그러시면 안 되죠!"
카나메가 부른 배를 감싸 안고 다가왔다. 키요시와 키미코는 갑작스러운 괴성에 눈을 동그랗게 떴다.
"어르신, 좀 전에 허리를 삐끗해서 못 일어난다고 하셨잖아요."
카나메는 그렇게 말하며 키요시에게 깜빡깜빡 눈짓을 했다.
"아……."
키요시는 '과거에 머무는 동안 자리에서 일어나 움직일 수 없다.'라는 규칙을 새카맣게 잊고 있었다. 일어나면 그 순간 미래로 소환되고 만다.
"아이고, 허리야……."
키요시는 황급히 허리에 손을 올리고 얼굴을 찡그리며 아픈 척을 했다.
"어머, 허리를 삐끗하셨다고요? 괜찮으세요?"

빤히 티가 나는 연기에도 키미코는 의심하지 않고 일어서서 걱정스러운 듯 키요시의 테이블로 다가왔다.

"괘, 괜찮습니다……."

키요시는 누구에게나 친절하게 대하는 키미코의 모습을 앞에서 보자 그만 눈시울이 뜨거워졌다.

키미코는 누구를 상대하든 진심으로 걱정하고, 누구를 상대하든 다정했다. 이에 대한 주저나 망설임은 없었다. 그런 키미코에게 쓸데없는 참견이라는 둥 위선이라는 둥 비난하는 사람도 있었지만, 키미코는 조금도 신경 쓰지 않았다. 전철을 타면 임산부와 노인에게 자리를 양보하고, 길에서 곤경에 처한 사람을 마주치면 서슴없이 말을 걸었다.

경찰관이 되려던 것과는 상관이 없었다. 그것이 키미코의 본모습이자 고등학생 때부터 키요시를 반하게 한 커다란 매력이었다.

"정말 괜찮으세요?"

"아, 예."

더욱 걱정하며 말을 걸어오는 키미코에게 키요시는 눈을 내리깐 채 어색하게 대답했다.

거짓말을 들킬까 봐 두려운 것이 아니었다. 다만, 키미코의 다정함이 그리워서 가슴에 사무쳤다.

"조심하세요."

카나메도 키요시에게 상냥하게 말했다.

"커피도 따뜻할 때 드시고요."

카나메는 이 말을 덧붙인 후 다시 주방으로 돌아갔다.

"죄송합니다."

키요시는 키미코에게 미안하다는 표정으로 머리를 숙였다.

"……그래서, 남편이 맡겼다는 물건이 그건가요?"

키미코는 아직 자기 자리로 돌아가지 않고 키요시의 손으로 시선을 떨어뜨렸다.

"아아, 맞습니다……."

키요시는 손에 들고 있던 상자를 얼른 내밀었다.

"뭐지?"

키미코는 키요시한테서 상자를 건네받고는 어리둥절한 눈빛으로 중얼거렸다.

"생일……, 이시죠?"

"네?"

"오늘이."

"아……."

키미코는 깜짝 놀란 듯 눈을 동그랗게 뜬 채 손에 든 상자를 쳐다보았다.

"······선물이라고 하더군요. 잘은 모르지만, 급한 일이 생겨서 야마가타에 가야 한다고······, 그쪽이 들어오기 30분쯤 전에 와서 이걸 전해 달라고 하셨습니다······."

당시에는 아직 휴대폰이나 무선 호출기도 없던 시절이었다.

약속을 취소하려면 상대방이 기다리는 장소에 전화를 걸어 당사자를 불러 달라고 하거나 지인에게 전언을 부탁하는 방법밖에 없었다. 둘 다 불가능한 경우에는 몇 시간이고 기다리게 하기도 했다.

키요시는 직업상 급한 일정이 생기는 날이 많아, 키미코와 약속이 있을 때 모르는 사람에게 전언을 부탁하곤 했다. 그래서 키미코는 처음 보는 노인에게 "남편분이 선물을 맡기셨습니다."라는 말을 듣고도 아주 놀라지는 않았다.

"······그랬군요."

키미코는 그렇게 중얼거리고는 바스락거리며 포장지를 뜯었다. 상자 안에는 아주 자그마한 다이아몬드가 박힌 목걸이가 들어 있었다.

이제까지 키요시는 키미코의 생일에 선물을 한 적이 없었다.

일이 바쁘고 여유가 없었던 것도 한 가지 이유였지만, 키미코가 자기 생일에 관한 작은 트라우마를 안고 있었기 때문이다.

키미코의 생일은 4월 1일, 만우절이었다. 그러다 보니 어렸을 때부터 친구들에게 선물과 함께 "축하해."라는 말을 들은 뒤 곧이어 "거짓말이야!" 하며 자주 놀림을 받았다고 했다.

놀린 친구들에게 나쁜 뜻은 없었겠지만, 선물을 받고 기뻐한 키미코에게 '거짓말'이라는 말은 상처가 되었다.

그리고 키요시는 그런 키미코의 모습을 고등학교 시절에 목격했다.

4월 1일. 벚꽃이 만개한 봄 방학 때의 일이었다.

키미코의 생일을 축하하려고 모인 반 친구들이 키미코에게 선물을 건넨 뒤 "거짓말이야!" 하고 소리쳤다. 물론, 그 친구들에게도 나쁜 뜻은 없었다. 선물은 곧바로 키미코에게 전해졌다.

키미코는 "고마워." 하며 웃었지만, 키요시는 순간 키미코의 얼굴에 스친 쓸쓸한 표정을 놓치지 않았다. 키미코에게 호감이 없었다면 눈치채지 못했을 것이다.

두 사람이 연인이 된 후에도 키미코는 다른 약속을 잡거나 해서 생일 선물을 받는 상황을 피하려는 습관이 있었다.

그래도 마지막 생일만큼은 반드시 축하해 주고 싶다고, 키요시는 그렇게 생각하며 과거로 돌아왔다.

"생일 축하해……."

목걸이 선물을 물끄러미 쳐다보는 키미코에게 키요시가 조용히 속삭였다. 그러자 키미코는 깜짝 놀란 눈으로 키요시를 쳐다보았다.

"남편이 그렇게 말했나요……?"

"예? 아, 예……."

키요시의 대답을 들은 순간, 키미코의 눈에서 굵은 눈물방울이 떨어지기 시작했다.

키요시는 키미코의 눈물에 동요했다. 처음 만난 날부터 지금까지 키미코의 눈물을 본 적이 없었기 때문이다. 무슨 일이 있어도 신념을 관철하는 '강한 여자', 이것이 키요시가 기억하는 키미코의 모습이었다.

여성 경찰의 채용 규모가 작아서 몇 번이나 불합격 통

지를 받고서도, 키미코는 절대로 우는 법이 없었다. 다음에는 기필코 되겠다며 이를 악무는 모습을 줄곧 지켜봐왔다.

그렇기에 키미코가 흘리는 눈물의 진의를 키요시는 이해하기 힘들었다.

"왜, 왜 그러세요?"

키요시가 쭈뼛쭈뼛 물었다.

생판 모르는 남에게 대답해 줄지는 알 수 없었다. 그럼에도 키요시는 키미코가 흘리는 눈물의 의미를 묻지 않을 수 없었다.

"죄송해요."

키미코는 그렇게 중얼거리더니 자신이 앉아 있던 테이블로 돌아가 파우치에서 손수건을 꺼낸 후 눈머리를 꾹 눌러 눈물을 훔쳤다.

키요시는 불안한 눈빛으로 키미코를 바라보았다.

"실은, 오늘 남편이 헤어지자는 얘기를 꺼낼 줄 알았거든요……."

키미코는 살며시 코를 풀고 억지로 웃으며 대답했다.

"……예?"

키요시는 귀를 의심했다. 뜻밖의 답변이었다.

'과거로 돌아가다가 전혀 다른 세계로 와 버렸나?'

키요시는 이런 생각을 할 정도로 충격을 받았다.

뭐라도 얘기해야겠다고 생각했지만, 키요시는 입이 떨어지지 않았다.

"아, 그게……."

얼버무리려는 듯 잔으로 손을 뻗어 커피를 홀짝이자 조금 전보다 확연히 미지근해져 있었다.

"혹시 실례가 안 된다면, 자세히 좀 말씀해 주실 수 있을까요?"

키요시가 탐문할 때 자주 하는 말이 불쑥 튀어나왔다.

"그렇게 말씀하시니 꼭 형사 같으시네요."

키미코는 키요시의 말을 듣고 쿡쿡 웃으며 새빨개진 눈으로 대답했다.

"저한테 얘기해 주셔도 괜찮으시다면……."

형사라는 말을 듣고 순간 뜨끔했지만, 이대로는 키미코가 눈물을 흘린 이유가 궁금해서 돌아갈 수 없었다.

사람은 마음을 터놓은 상대가 아니면 얘기를 못 하는 경우도 있지만, 오히려 관계없는 사람이기 때문에 얘기를 꺼내는 경우도 있다.

키요시는 "저한테 얘기해 주셔도 괜찮으시다면……." 하고 말했으나, 더는 아무 말도 하지 않고 그저 키미코가 입을 열 때까지 잠자코 기다렸다. 억지로 캐물으려 하지 않았다. 시간은 없었지만, 키요시는 이 선택에 승부를 걸었다. 키미코는 자신이 앉아 있던 테이블 앞에 가만히 서 있었다.

침묵을 깬 것은 갓 내린 커피 향과 함께 나타난 카나메의 한마디였다.

"……이쪽으로 드려도 될까요?"

카나메는 눈치를 발휘하여 키미코가 주문한 커피를 그녀가 앉아 있던 가운데 자리가 아닌, 키요시가 있는 테이블로 가져갔다.

"네."

키미코가 담담하게 대답했다.

카나메는 키요시의 테이블에 커피와 전표를 올려 둔 후 그대로 조용히 주방으로 사라졌다.

"여기 앉아도 될까요?"

키미코는 파우치를 든 채 키요시의 테이블로 다가와서 맞은편 의자에 손을 올렸다.

"물론이죠."

키요시가 활짝 웃으며 대답했다.

"그래서, 무슨 일이 있으셨던 건가요?"

키요시가 말을 꺼냈다.

"최근 반년간 남편은 인상만 쓰고 다니고, 대화다운 대화도 거의 한 적이 없었어요."

키미코는 조용히 심호흡을 한 후 차분하게 이야기하기 시작했다.

"직업상 집을 비우는 일도 잦은데, 요즘에는 돌아와서 '응.', '그래.', '알았어.', '미안.', '피곤해.'라는 말밖에 하지 않아서……."

키미코는 다시 눈머리에 손수건을 가져다 댔다.

"오늘 중요한 얘기가 있다고 해서……, 분명 헤어지고 싶다는 말을 꺼낼 거라고……."

눈물 섞인 목소리로 쥐어짜는 듯한 설명이 이어졌다.

키미코는 키요시에게 받은 목걸이를 응시했다.

"제 생일도 분명 잊고 있을 거라 생각했어요……."

고개를 떨어뜨린 채 두 손으로 얼굴을 감싸 쥔 키미코의 어깨는 크게 들썩였다.

키요시는 당혹스러웠다. 헤어질 생각은 한 번도 한 적이 없었던 까닭이다.

다만, 키미코의 말을 들으니 짐작 가는 일이 있었다. 이 무렵 큰 사건이 겹치는 바람에 자지도, 쉬지도 못하는 날이 이어졌다. 게다가 형사라는 직업이 적성에 맞지 않아 고민하던 시기이기도 했다.

그만두고 싶어 하는 마음을 키미코에게 들키지 않기 위해, 키요시는 무의식중에 키미코와의 대화를 피했을 것이다. 그리고 그 태도가 키미코의 눈에는 헤어지자는 얘기를 꺼내기 전의 권태기로 비쳤던 것이다.

'설마, 그런 생각을 하고 있을 줄이야…….'

한 길 사람의 속은 알 수가 없다. 고민이 있으면 소중한 사람의 마음조차 보이지 않게 된다.

키요시는 눈앞에서 울고 있는 아내에게 무슨 말을 해야 할지 막막했다. 지금 키미코에게 키요시는 우연히 같은 공간에서 마주친 타인일 뿐이었다. 더구나 몇 시간 후, 그녀는 사건에 휘말려 목숨을 잃는다. 그 사실을 알면서도 키요시에게는 할 수 있는 일이 아무것도 없었다.

키요시는 천천히 잔으로 손을 뻗었다. 손바닥에 전해지는 온도로 커피가 식어 가고 있음을 실감했다.

그다음 순간, 키요시는 자신조차 깜짝 놀랄 만한 말을 꺼냈다.

"전, 당신과 결혼한 후로 헤어지고 싶다는 생각은 단 한 번도 한 적이 없어요······."

현실을 바꿀 수 없다는 사실은 잘 알았다. 그렇지만 키미코가 이런 불안한 마음을 지닌 채로 죽는 것은 키요시에게는 도무지 견딜 수 없는 일이었다.
설령 믿어 주지 않더라도, 자신의 정체를 밝혀서 키미코를 괴롭히는 원인을 하나라도 없애 주고 싶었다.
그리고 그걸 할 수 있는 사람은 키요시뿐이었다.

"전 30년 후 미래에서 왔습니다······."
키요시는 눈을 동그랗게 뜨고 자신을 쳐다보는 키미코에게 말하며 수줍어했다.
"중요한 이야기란, 헤어지자는 게 아니라······."
키요시는 나직이 헛기침을 하고 등을 쭉 폈다. 키미코가 너무 빤히 쳐다보자 키요시는 쑥스러움과 미안함에 헌팅캡으로 얼굴을 가린 채 중얼거렸다.

"사실은, 당신한테 형사를 그만두고 싶다는 얘기를 하려고……."

헌팅캡의 챙에 가려져 키요시는 키미코가 어떤 표정으로 자신의 말을 듣고 있는지 보이지 않았다. 그러나 키요시는 말을 멈추지 않았다.

"매일 사람이 죽은 현장에 가서, 사람을 사람으로 생각하지 않는 놈들을 상대하느라……, 지쳤었어요. 아이와 노인에게 아무렇지 않게 해를 입히는 녀석들을 보며, 같은 인간으로서 슬픔을 넘어 절망감이 들었다고 해야 할까……, 괴로웠어요……. 아무리 잡아들여도 사건은 끊이지 않았죠. 내가 하는 일은 밑 빠진 독에 물 붓기가 아닌가 싶기도 하고……. 하지만 당신한테 말하면, 그게……, 화를 낼까 봐……, 도저히 말이 나오지 않아서……."

아마도 커피가 식을 때까지 주어진 시간은 얼마 남지 않았을 터였다. 과연 키미코가 믿어 줄지는 미지수였다. 그래도 키요시는 해야 할 말을 전하기로 했다.

"하지만 안심해요. 형사를 그만두지 않았으니까……."

키요시는 그렇게 말하고 잠시 호흡을 고른 후 작은 목소리로 속삭였다.

"당신하고도 헤어지지 않았으니까……."

키요시가 가까스로 한 거짓말이었다.

키요시는 자신의 손바닥이 땀으로 흥건히 젖어 있음을 깨달았다.

아직 키미코의 반응은 없었다.

고개를 숙인 채 눈앞의 잔을 가만히 바라보는 것 말고는 키요시가 할 수 있는 일이 없었다. 그러나 해야 할 말은 다 했다.

키미코가 지금 어떤 표정으로 자신을 바라보고 있는지 확인하기는 두려웠지만, 후회는 없었다.

"……시간이 다 돼서, 가 볼게요."

키요시가 그렇게 말하며 잔으로 손을 뻗었을 때였다.

"역시……, 키요시 군이었구나……?"

키미코가 중얼거렸다. 목소리에서 아직 믿을 수 없다는 느낌이 전해졌다. 그러나 키미코는 '키요시 군'이라고 불렀다. 고등학생 때부터 부르던 호칭이었다.

키요시는 그리운 호칭을 듣고는 눈시울이 뜨거워지는 것을 느꼈다. 그러면서도 키미코의 '역시'라는 말이 마음에 걸렸다. 키미코는 분명 이 찻집에서 과거로 돌아갈 수 있다는 것을 모를 터였다.

"……어떻게?"

"그 모자……."

"아……."

키요시가 쓰고 있는 헌팅캡은 그가 처음 형사가 되었을 때 키미코가 모자 가게에서 주문 제작해서 선물해 준 것이었다.

"계속 써 줬구나……."

키미코는 다 낡은 헌팅캡을 보며 환하게 미소 지었다.

"응……."

선물을 받은 지 어느덧 30년이었다. 키요시에게는 이미 헌팅캡을 쓰는 것이 습관이 되어 있었다.

"일, 힘들었지?"

"그냥, 뭐……."

"……왜 지금까지 그만두지 않았어?"

키미코는 꺼질 듯한 목소리로 물었다.

키요시는 자신이 약속 장소에 나가지 않아 키미코가 사건에 휘말렸다는 죄책감을 떨쳐내지 못했다. 그렇기에 형사 일을 계속함으로써 자신에게 끊임없이 벌을 주었던 것이다.

키요시는 헌팅캡 아래서 키미코의 눈을 똑바로 마주 보며 그 질문에 대답했다.

"당신이 있었으니까……."

"……내가?"

"응."

"정말?"

"그래."

키요시의 대답에는 망설임도 머뭇거림도 없었다.

문득 주방 쪽에서 시선이 느껴졌다. 두 사람 쪽을 바라보던 카나메가 딱 한 번, 조용히 눈을 깜빡였다.

'슬슬 떠날 시간이에요.'

키요시는 카나메가 그렇게 말하고 있다는 것을 알 수 있었다.

부른 배에 손을 올린 카나메를 보고 키요시는 카즈를 떠올렸다.

'그녀도 분명 나와 똑같을 거야…….'

키요시는 카나메를 향해 살며시 고개를 끄덕인 후 잔으로 시선을 떨어뜨렸다.

"그럼 난 이만 돌아가야 하니까……."

"키요시 군은……."

키요시가 커피 잔을 입으로 가져가자 키미코가 중얼거렸다. 카나메와 키요시의 행동을 보고 이별의 시간을 짐작한 것이다.

"……그래서, 행복했어?"

키미코가 스러질 듯한 목소리로 물었다.

"물론이지."

키요시는 그렇게 대답한 후 커피를 단숨에 들이켰다. 마시자마자 가슴이 덜컥 내려앉았다. 커피는 이미 체온보다도 미지근해져 있었다.

'카나메 씨가 눈짓을 보내 주지 않았다면 다 식었을지도 모르겠어…….'

키요시가 주방 앞의 카나메에게로 시선을 던지자, 카나메가 이루 말할 수 없는 다정한 표정으로 키요시를 떠나보내고 있었다.

핑글…….

또다시 현기증이 키요시를 감싸면서 주변 풍경이 천천히 위에서 아래로 흘러갔다. 그 순간 키요시의 몸은 새하얀 기체로 변했다.

"이거……."

눈길을 돌리니 키미코가 목걸이를 가슴에 안고 있었다.

"……고마워."

그리고 행복하게 웃으며 키요시를 바라보았다.

"……잘 어울린다."

키요시는 멋쩍은 듯이 수줍게 말했으나, 그 말이 키미코에게 가닿았는지는 알 수 없었다.

☕

"돌아왔다!"

미키의 쩌렁쩌렁한 목소리에 키요시가 눈을 떴다.

미키는 휙 뒤돌아보며 나가레에게 함박웃음을 지어 보였다. 자신이 처음으로 과거로 보낸 손님이 돌아오자 일을 잘 마무리했다는 만족감이 차올랐다. 나가레도 안도의 한숨을 내쉬고는 "다행이다." 하며 미키의 머리를 부드럽게 쓰다듬었다.

카즈만이 여느 때와 다름없는 태연한 얼굴로 흥분이 채 가라앉지 않은 미키 대신 키요시의 커피 잔을 정리하기 시작했다.

"······어떠셨나요?"

카즈가 묻자 키요시의 입에서는 대뜸 생뚱맞은 질문이 튀어나왔다.

"임신하셨죠?"

투둥, 땡그랑, 땅땅, 땡그랑······.

쟁반이 바닥에 떨어지는 소리가 가게 안에 크게 울려 퍼졌다. 떨어뜨린 사람은 나가레였다.

"아빠, 시끄러워!"

"미, 미안."

미키에게 지적을 당한 나가레는 서둘러 쟁반을 주웠다.

"네."

카즈는 별다른 표정 변화 없이 대답했다.

"어떻게 그걸······."

나가레가 물었다.

"임신 중인 카즈 양의 어머니를 만났습니다······."

키요시는 그렇게 말하며 카즈를 쳐다보았다.

"카즈 양의 어머님도 과거로 돌아가는 커피를 내릴 수 없게 됐다고 말씀하셔서······."

"……그렇군요."

카즈는 대답한 후 키요시가 쓰던 잔을 정리하기 위해 주방으로 모습을 감췄다.

그 사이에 원피스를 입은 여자, 카나메가 화장실에서 돌아왔다.

키요시가 일어나서 카나메에게 가볍게 인사한 후 자리를 양보하자, 카즈가 카나메의 커피를 들고 주방에서 돌아왔다.

"어머님은 행복해 보이셨어요."

카즈가 카나메에게 커피를 내놓자 키요시가 속삭였다.

카즈의 동작이 커피 잔을 테이블에 올려 둔 상태에서 정지했다.

불과 1초도 안 되는 짧은 순간이었지만, 나가레도, 그 말을 한 키요시도 마른 침을 삼키며 카즈의 반응을 살펴보았다.

"아……."

숨 막히는 침묵을 깬 사람은 미키였다.

"이것 봐!"

미키는 바닥에 쭈그리고 앉아서 무언가를 주워 올렸다.

엄지와 검지로 집어 올린 것은 한 장의 작은 벚꽃잎이었다. 누군가의 머리나 어깨에 타고 있다가 섞여 들어온 것이리라…….

한 장의 벚꽃잎으로 봄을 깨닫기도 한다.

"봄이다."
주운 벚꽃잎을 내밀며 말하는 미키에게 카즈가 상냥하게 미소를 지었다.
"엄마가 과거로 갔다가 돌아오지 않은 그날부터……."
카즈는 차분한 목소리로 이야기하기 시작했다.
"전 행복해지는 게 무서웠어요……."
카즈의 음성은 그 자리에 있는 누군가에게 말하는 것처럼 들리지 않았다. 굳이 말하자면 이 찻집에 이야기를 들려주는 듯했다.
"……그날, 엄마가 갑자기 사라져서……, 행복했던 일상이, 소중한 사람의 행복이, 순식간에 없어져 버렸으니까."
카즈의 눈에서 한 줄기 눈물이 흘러내렸다.
카나메가 과거에서 돌아오지 않은 그날 이후, 카즈는 학교에서도 친구를 사귀지 않았다. 잃을까 봐 두려웠다. 중학교와 고등학교에서도 모임과 동아리에 들어가지 않았다. 같이 놀자는 얘기에도 한 번도 응하지 않았다. 학교가 끝나면 곧바로 귀가해서 찻집 일을 도왔다. 누구와도 교류하지 않고 타인에게 관심을 보이지 않았다.

'행복해져선 안 된다…….'

이는 모두 카즈가 이렇게 자신을 세뇌하며 살아왔기 때문이었다.

그리고 카즈는 이 찻집에 자신을 옭아맸다. 아무것도 바라지 않고, 아무것도 원하지 않고, 그저 커피를 내리는 존재로서……. 마치 그것이 엄마 카나메에 대한 속죄라는 듯이…….

나가레의 눈에서도 눈물이 흘렀다. 그날부터 카즈의 옆에서, 카즈의 고통을 줄곧 지켜본 이의 눈물이었다.

"저도 그랬습니다."

키요시가 중얼거렸다.

"……약속만 지켰더라면 아내는 죽지 않았을지도 모른다, 아내가 죽은 건 약속을 지키지 않은 내 탓이다, 나는 행복해질 자격이 없다, 라고요……."

그리고 키요시 역시 형사라는 일에 자신을 옭아맸다. 일부러 고통스러운 길을 선택한 것이다.

'나만 행복해질 순 없다.'

키요시는 이런 강박 관념에 얽매여 있었다.

"하지만 그 생각은 잘못되었다는 걸, 이 찻집에서 만난 분들이 가르쳐 주셨습니다."

키요시가 조사한 사람은 카나메와 죽은 여동생을 만나러 간 히라이뿐이 아니었다. 헤어진 애인을 만나러 간 사람, 기억이 사라져 가는 남편을 만나러 간 사람도 있었다.

작년 봄에는 22년 전에 죽은 친구를 찾아간 사람이 있었고, 가을에는 병으로 세상을 떠난 어머니를 보러 간 아들이 있었다. 그리고 겨울에는 자신이 죽는다는 사실을 알고도 남은 연인의 행복을 진심으로 바란 남자가 과거에서 찾아왔다.

"그가 남긴 말은 제 마음을 울렸습니다."

키요시는 작은 검은색 수첩을 꺼내서 메모해 둔 문구를 읽었다.

네가 앞으로 행복해진다면, 그 아이는 널 행복하게 하려고 70일이라는 생명을 쓴 게 돼. 그때 비로소 그 생명에 의미가 생기지 않을까? 그 아이가 살아 있던 의미

를 만드는 사람은 바로 너야. 그러니까 넌 반드시 행복해져야 해. 네 행복을 가장 바라는 건 그 아이라고……

"즉, 제 삶이 아내의 행복을 만든다는 것을……."

키요시는 이 메모를 여러 번 반복해서 읽은 듯, 그 페이지만 해지고 손때가 묻어 있었다.

그리고 이 말은 카즈의 마음에도 남아 있었는지 또다시 한 줄기 눈물이 흘러내렸다.

키요시는 수첩을 외투 안주머니에 넣고 헌팅캡을 깊숙이 눌러 썼다.

"저는 카즈 양의 어머니가 카즈 양을 불행하게 하려고 돌아오지 않았다고는, 도저히 생각할 수 없습니다……. 그러니 아이를 낳아 주세요……. 그리고……."

키요시는 한 호흡을 거른 다음, 카나메를 바라보는 카즈의 뒷모습을 향해 입을 열었다.

"……당신은 행복해질 자격이 있습니다."

카즈는 아무 말 없이 천천히 눈을 감았다.

"잘 마셨습니다."

키요시는 커피값을 카운터 위에 짤그랑 내려놓고 출구를 향해 걸어갔다. 나가레는 키요시에게 살짝 고개 숙여 인사했다.

"아, 참……."

출구까지 가서 갑자기 멈춰 선 키요시가 몸을 휙 돌렸다.

"무슨 일이라도?"

나가레가 물었다.

"그게……."

키요시가 카즈를 향해 말했다.

"카즈 양이 골라 준 목걸이, 아내가 무척 좋아했습니다."

키요시는 그 말을 남기고 인사한 후 가게를 뒤로했다.

딸그랑딸그랑.

또다시 가게에 정적이 흘렀다.

아무래도 미키는 큰일을 끝내고 한시름 놓았는지, 나가레의 손을 붙든 채 꾸벅꾸벅 졸기 시작했다.

"……어쩐지."

나가레는 미키가 갑자기 조용해진 이유를 깨닫고는 "영차." 하며 미키를 들어 올렸다.

미키의 손가락 사이에서 작은 벚꽃잎이 춤을 추듯 떨어졌다.

"……봄인가."

나가레가 중얼거렸다.

"오빠……."

"……응?"

"나……."

"……."

"행복해져도 될까?"

"……그럼."

"……."

"이제 이 녀석이 있으니까……."

나가레가 미키를 추스르며 다시 안았다.

"괜찮아……."

나가레는 그렇게 말하고 안쪽 방으로 모습을 감췄다.

"……응."

기나긴 겨울이 이제, 물러나려 하고 있었다.

그날 이후로 아무런 변화도 없는 풍경.

"엄마……."

천장에서 천천히 돌아가는 목제 실링 팬.

"나……."

저마다 다른 시각을 가리키는 세 개의 괘종시계. 가게 안을 세피아빛으로 물들이는 펜던트 조명.

시간이 멈춘 듯한 가게 안에서, 카즈는 천천히 심호흡을 하고 자신의 배에 손을 살포시 올렸다.

"나, 행복해질게요."

카즈가 속삭였다.

그러자 카나메가 소설책에 시선을 고정한 채 생긋, 다정한 미소를 지었다. 그것은 살아생전 카즈를 보며 짓던, 그 미소였다.

"엄마……?"

카즈가 중얼거린 순간, 카나메의 몸이 갓 내린 커피에서 피어오르는 기체처럼 천장으로 떠올랐다.

기체는 한동안 허공을 떠도는 것처럼 보였으나 어느새 천장으로 녹아들듯 사라져 버렸다.

카즈는 천천히 눈을 감았다.

카나메가 자취를 감춘 뒤 예의 그 자리에는 초로의 신사가 앉아 있었다.
"커피 좀 주실 수 있는지요?"
초로의 신사는 테이블 위에 남겨진 소설을 들어 첫 번째 페이지를 펼치고 카즈에게 말했다.
카즈는 잠시 미동도 없이 천장을 올려다보았다.
"……알겠습니다."
이윽고 시선을 천천히 초로의 신사에게로 돌리며 대답한 후 경쾌하게 주방으로 들어갔다.

계절은 돌고 돈다.
인생에도 혹독한 겨울이 있다.
그러나 겨울은 반드시 지나고, 봄이 온다.
이곳에도 살며시, 봄이 찾아왔다.

카즈의 봄은 이제 막 시작되었다.

* 이 책의 이야기는 모두 픽션입니다.
실재하는 인물이나 지역, 가게, 단체 등의 이름과
전혀 관계가 없음을 밝힙니다.

지은이 가와구치 도시카즈
1971년 오사카 이바라키 시에서 태어났다.
극단 음속 달팽이에서 극작가 겸 연출가로 활동했으며 〈COUPLE〉,
〈저녁놀의 노래〉, 〈family time〉 등의 연극을 선보였다.
1110 프로듀스에서 상연한 〈커피가 식기 전에〉로
제10회 스기나미연극제 대상을 받았고, 동명의 소설을 출간하며 소설가로 데뷔했다.
그의 데뷔작이자 이 시리즈의 1권인 《커피가 식기 전에》는
일본에서 70만 부 이상 판매되며 영화화되었고,
2017년 일본 서점대상 최종 후보에 오르는 등 선풍적인 인기를 얻었다.

옮긴이 김나랑
고려대학교와 아오야마가쿠인대학교에서 일본어와 일본 문학을 공부했다.
기업에서 근무하다가 외국어를 우리말로 옮기는 일에 매료되어 번역가로 전향했으며,
현재 유익한 서적을 찾아 소개하는 일에 힘쓰고 있다.
옮긴 책으로는 《대자연과 컬러풀한 거리, 아이슬란드》,
《생각하지 않는 부엌》, 《커피가 식기 전에》 등이 있다.

이 거짓말이 들통나기 전에

초판 1쇄 발행 2018년 4월 25일
초판 2쇄 발행 2019년 7월 22일

지은이 가와구치 도시카즈
옮긴이 김나랑
펴낸이 안중용

펴낸곳 비빔북스 **출판등록** 2015년 6월 19일 제2015-000026호
주소 서울특별시 양천구 중앙로 48길 50-1, 401호
전화 02-2693-7751 **팩스** 02-2653-7752
이메일 bibimbooks@naver.com

ISBN 979-11-957897-6-4 04830

*책값은 뒤표지에 있습니다.
*이 책은 저작권법에 의하여 보호를 받는 저작물이므로 무단 전재와 복제를 금합니다.

이 도서의 국립중앙도서관 출판예정도서목록(CIP)은 서지정보유통지원시스템 홈페이지(http://seoji.nl.go.kr)와
국가자료공동목록시스템(http://www.nl.go.kr/kolisnet)에서 이용하실 수 있습니다.(CIP제어번호:CIP2018011340)